Esfinge

HENRIQUE MAXIMIANO COELHO NETO

Esfinge:
Um romance neo-gótico
do Brasil

Edited by
Kim F. Olson

Introduction by
M. Elizabeth Ginway

Afterword by
Jess Nevins

Modern Language Association of America
New York   2023

© 2023 by The Modern Language Association of America
85 Broad Street, New York, New York 10004
www.mla.org

All rights reserved. MLA and the MODERN LANGUAGE ASSOCIATION are trademarks owned by the Modern Language Association of America. To request permission to reprint material from MLA book publications, please inquire at permissions@mla.org.

To order MLA publications, visit www.mla.org/books. For wholesale and international orders, see www.mla.org/bookstore-orders.

The MLA office is located on the island known as Mannahatta (Manhattan) in Lenapehoking, the homeland of the Lenape people. The MLA pays respect to the original stewards of this land and to the diverse and vibrant Native communities that continue to thrive in New York City.

Cover illustration: Ismael Nery. *Nós*. The Picture Art Collection / Alamy Stock Photo.

Texts and Translations 41
ISSN 1079-252X

Library of Congress Cataloging-in-Publication Data

Names: Coelho Netto, Henrique, 1864–1934, author. | Olson, Kim F., editor. | Ginway, M. Elizabeth, writer of introduction. | Nevins, Jess, writer of afterword.
Title: Esfinge : um romance neo-gótico do Brasil / Henrique Maximiano Coelho Neto ; edited by Kim F. Olson ; introduction by M. Elizabeth Ginway ; afterword by Jess Nevins.
Description: New York : Modern Language Association of America, 2023.
Series: Texts and translations, 1079-252X ; 41 | Includes bibliographical references.
Identifiers: LCCN 2023007005 (print) | LCCN 2023007006 (ebook) | ISBN 9781603296212 (paperback) | ISBN 9781603296229 (EPUB)
Subjects: LCGFT: Gothic fiction. | Novels.
Classification: LCC PQ9697.C42 E84 2023 (print) | LCC PQ9697.C42 (ebook) | DDC 869.3/41—dc23/eng/20230223
LC record available at https://lccn.loc.gov/2023007005
LC ebook record available at https://lccn.loc.gov/2023007006

Contents

Introduction
M. Elizabeth Ginway
vii

Note on the Text
xxxiii

Esfinge
1

Afterword: *Sphinx* Reconsidered
Jess Nevins
209

Introduction

M. Elizabeth Ginway

Kim F. Olson's translation of the 1908 Brazilian novel *Esfinge* (*Sphinx*), by Henrique Maximiano Coelho Neto, is particularly timely as it offers an international dimension to the increasingly popular field of gender and sexuality studies. I taught this innovative work in Portuguese in an undergraduate class on Latin American speculative fiction,[1] and my students responded with empathy and curiosity. They also expressed surprise that such a work, with its sympathetic treatment of the novel's uniquely transgender protagonist,[2] James Marian—the metaphorical "sphinx" of the title— could have been produced in Brazil at the start of the twentieth century. Like his protagonist, Coelho Neto remains an enigma, as his legacy in Brazilian literary history continues to be the object of controversy and curiosity (Gonçalves 26). It is interesting and fortunate that, after years of neglect, his works of mystery and the macabre are gaining new traction.

Coelho Neto and Brazilian Literary History

Conventional literary biographies portray Coelho Neto (1864–1934) as a successful Brazilian author, politician, and professor. A literary tour de force during the late nineteenth and early twentieth centuries, Coelho Neto published over 120 volumes during his lifetime, covering a wide range of topics, including Brazilian history, social and political conflicts, the rift between science and spiritism, and the divide between materialism and art. Despite a long list of successes, including a nomination for the Nobel Prize in 1932, his florid literary style and historical subject matter caused him to fall out of favor among readers and critics. As a result, Coelho Neto's works are now generally known only to literary specialists in Brazil.

To study Coelho Neto is to have a crash course in literary canonization and the politics of literary history. The author's stature has long been the subject of controversy: he was characterized as more of a "historiador" than a literary genius by Brazil's greatest writer, Joaquim Maria Machado de Assis (Lopes 78); later criticized as "nefasto" by Lima Barreto; then lauded as Brazil's greatest novelist by Otávio de Faria (Bosi 75–76). This ambivalent but mostly unenthusiastic view of Coelho Neto was solidified when Brazilian avant-garde poets and writers of the 1920s, known as *modernistas*, reevaluated national literary history and designated Coelho Neto and his generation of novelists as premodernist for their combination of nationalist themes and traditional (and often ornate) literary style. Brazil's iconoclastic *modernistas* celebrated the 1922 centennial of Brazil's political and cultural independence from Portugal by bringing a fresh, contemporary outlook to Brazil's artistic scene. Mary L. Daniel summarizes the *modernistas*' opinion of Coelho Neto's work by quoting the poet Oswald de Andrade, who quipped, "Não li e não gostei" (175). Many modernist authors subsequently worked for cultural agencies in the Brazilian government or in publishing houses, where they became the predominant voices in determining Brazilian literary taste and canonization beginning in the 1930s and especially after 1945 (Johnson 20–21).

One of Brazil's most influential essays about Coelho Neto appeared in Alfredo Bosi's *O pré-modernismo*, part of a six-volume set on Brazilian literary history. Bosi alternately de-

Introduction ix

scribes the work of Coelho Neto as "documental" and "ornamental" (75), characterizations that have subsequently solidified into the general assessment of the author's work. After describing Coelho Neto's best-known novels and noting their principal focus—Brazilian history, rural life, and middle-class mores—Bosi makes passing reference to another feature of Coelho Neto's work, namely spiritism and the occult sciences, citing the novels *O rei fantasma, O rajá de Pendjab, Esfinge,* and *Imortalidade* (79). Bosi classifies Coelho Neto as an example of a conservative premodernist, whose work he contrasts with that of more socially progressive authors such as Barreto and Euclides da Cunha (75, 77), both of whom continue to garner contemporary critical attention. The critic Massaud Moisés gives a similar assessment of Coelho Neto's work, calling it uneven in quality and noting that Coelho Neto wrote at such a furious pace that he had little time for editing (110), an assessment of Coelho Neto echoed by David T. Haberly in *The Cambridge History of Latin American Literature* (152). Significantly, many Brazilian high school textbooks exclude Coelho Neto from their lists of premodernists, perhaps for these reasons.[3] Aside from articles on *Sphinx* by M. Elizabeth Ginway ("Transgendering") and Daniel Serravalle de Sá, little has been published about Coelho Neto in English, with the exception of an entry in Irwin Stern's *Dictionary of Brazilian Literature* ("Coelho Neto" [*Dictionary*]), and Isaac Goldberg's 1921 translation of Coelho Neto's "Os pombos" is to date the only English translation of the author's work (Coelho Neto, "Pigeons"). This translation is accompanied by an overview of the author's work, emphasizing Coelho Neto's treatment of racial oppression in *Rei negro* (see also Sá 77).

In 1993, the American critic Mary L. Daniel, writing in Portuguese, noted that renewed academic interest in Coelho

Neto began in the 1990s when Brazilian publishers began to reprint his major novels, whereas before they had been reprinted mainly by the Chardron publishing house in Porto, Portugal, between 1903 and 1928, with a few reprints by publishing houses in Rio de Janeiro.[4] A sign of this rekindling of interest is a 1997 study by Marcos Aparecido Lopes, which argues that there were few objective reasons for Coelho Neto's marginalization and that the oblivion to which the author had been consigned was due to arbitrary literary and cultural criteria (149). I would also argue that the true value of Coelho Neto's oeuvre has been inadequately assessed because of the critical emphasis on his historical and documentary works as opposed to his novels of the fantastic. Coelho Neto himself seemed to favor this part of his literary production, noting that in his youth he was influenced by Orientalist works, including *The Thousand and One Nights*, and imaginative Brazilian tales told at evening gatherings (Bosi 77). The emergence of the field of gothic studies in Brazil and a series of articles published on *Sphinx* have led to a renewed interest in Coelho Neto's oeuvre in recent years (Causo; Silva; Ginway, "Transgendering"; Santos and Brito; Garbo; Sá; Tavares).

Daniel, one of the few critics to offer a succinct overview of Coelho Neto's major works, divides them into four categories according to theme, and it is significant that none of these categories includes *Sphinx* or his other works of speculative fiction. The first category comprises his semi-autobiographical trilogy about the abolitionist and republican movements, which includes characters based on historical figures and well-known intellectuals of the time. The three works that make up the trilogy are *A capital federal*, *A conquista*, and *Fogo fátuo* (Daniel 175–76). A second category includes two novels of historical fiction that portray key events in late-nineteenth-century Brazilian history, including the declaration of the republic in 1889 and the naval revolt of 1893. These are, respectively, *Miragem* and *O morto* (176–77). A third category includes works that address Brazil's backlands and rural milieu, recognizing the struggles and historical oppression faced by the rural communities of northeastern Brazil and by Black Brazilians. Works in this category include *Sertão*, *Treva*, *Banzo*, and *Rei negro* (175). The fourth, more general category into which Daniel divides Coelho Neto's work comprises texts that provide a panoramic view of Rio de Janeiro during the belle epoque, documenting the city's social diversity, contrasting the newly sophisticated downtown cafés, theaters, and shops with popular gathering spots such as gambling houses, spiritist centers, and the backyards of the city's outskirts, as seen in *Inverno em flor* and *Turbilhão* (177–79). Daniel comments on Coelho Neto's sensitive portrayal of women in these two novels, especially in his depiction of the decline of middle-class families, whose members descend into poverty, insanity, crime, and prostitution in the wake of the financial instability caused by a series of misguided government economic policies (177). Coelho Neto's work stands as an imposing monument of literary depiction of the outer and inner life of its author and the history of Brazil. It also captures a country in search of itself as it made a transition from the traditional institutions of the Catholic Church, the monarchy, and a predominantly rural society to new forms of thought and governance in a new, modernizing republic with a growing urban population.

Coelho Neto's Brazil

To understand the full implications of the historical context of Coelho Neto's life and work, we must recall that from 1822 to 1889 Brazil was a parliamentary monarchy whose economy was largely based on slavery and coffee exports. In contrast to other Latin American countries, Brazil did not fight a war of independence, because it had been the seat of the Portuguese Empire since 1808, when the court fled Lisbon before the invasion of Napoleonic troops. In 1822 the prince regent, Dom Pedro I, declared Brazil an independent empire and himself emperor. By the 1870s, increasing dissatisfaction with imperial policies on slavery led to the growth of the abolitionist movement and to the republican campaign that proposed to do away with slavery and the monarchy and establish Brazil as a new republic. A group of intellectuals known as the generation of 1870 adopted the positivist precepts of science and progress as the basis for reforms and became a driving force of cultural change, influencing Coelho Neto and many others of his generation. The chaos that ensued after the abolition of slavery in 1888 and the economic instability that followed the establishment of the new republic in 1889 deeply affected Coelho Neto's life and work. The First Republic was ruled by military leaders who engaged in repressive measures against the opposition (as in the case of the naval revolt of 1893) and attempted to modernize and restructure the Brazilian economy, though with little success, resulting in a stock market crash known as the *Encilhamento* (1889–93).[5] Governance was turned over to civilian rule in 1894, but the resulting policies proved to be just as brutal, as evidenced by the 1897 campaign against the peasant revolt in Canudos, in which some twenty to thirty thousand people perished at the hands of the armed forces acting in the name of the republic. Subsequent presidents returned the Brazilian economy to coffee production and other forms of early industrialization, including textiles (Silveira), without changing the structure of society in a profound way. At the same time, the politicians in Brazil's capital, Rio de Janeiro, undertook what they considered to be urban reform by clearing slums and undertaking public health campaigns. As Jeffrey Needell has noted in *A Tropical Belle Époque: Elite Culture and Society in Turn-of-the-Century Rio de Janeiro*, the transformation of the capital, complete with broad boulevards reminiscent of those in Paris and a new national art museum, a library, and a municipal theater, created a Rio de Janeiro with an elite European flair. As the social milieu of Coelho Neto's formative years, this sophisticated city later became the place of his work as a professor of art and theater.

The early bohemian years in Rio do not fully explain Coelho Neto's original approach to gender and sexuality in *Sphinx* or his play *O patinho torto*, especially given his traditional background and his place in the intellectual and political elite. His father, Antônio da Fonseca Coelho, originally from Portugal, emigrated to the capital of the northern state of Maranhão, where he married Ana Silvestre, a woman of Indigenous descent. After failing in business there, he moved his family to Rio de Janeiro. Here Coelho Neto grew up and attended a prestigious high school, Colégio Pedro II, where he met the future author Raul Pompeia, who would become part of a cadre of bohemians with whom Coelho Neto enjoyed an active intellectual and political life in the 1880s. Coelho Neto's mother and uncle were the driving forces in the author's life, encouraging him to cultivate his considerable intellectual gifts by pursuing higher education (Bourdignon 83–84). Although Coelho Neto considered a career in medicine, his distaste for the operating room led him to try law school. Moving to São Paulo to study law, he again met up with Pompeia and soon found himself involved in politics. Eventually, he abandoned his law studies to become a journalist in Rio de Janeiro in 1884.

Coelho Neto's circle in Rio comprised a number of important intellectuals, including the Black abolitionist and journalist José do Patrocínio, the Parnassian poet Olavo Bilac, the journalist Francisco de Paula Nei, and the naturalist authors Pompeia and Aluísio Azevedo, among others. Interestingly, two of these figures, Bilac and Pompeia, were involved in one of the most tragic scandals of the 1890s. In 1895 Bilac published an attack on Pompeia's political views that also indirectly referred to Pompeia's homosexuality, resulting in a challenge to a duel. Although the duel with Bilac was averted, Pompeia lost his job as the director of the National Library and subsequently took his own life on Christmas Day in 1895 (Miskolci and Balieiro 84). The historian James N. Green has explored the topic of homosexuality among the intellectual elite during the belle epoque, noting that it was an open secret that was tolerated but not immune to ridicule (*Beyond Carnival*). In 1911 both Bilac and the journalist and author João do Rio appeared in a cartoon in which they were shown admiring a Roman statue, implying that they were indulging in homoerotic fantasies (56). However, as Leonardo Mendes notes, there is no insinuation of Bilac's homosexuality in the two novels by Coelho Neto that portray his bohemian circle, *A conquista* and *Fogo fátuo*, in which the character Otávio Bivar is based on Bilac (141–42).

Coelho Neto reserved commentaries on sexuality and gender identity to his play *O patinho torto* and his esoteric and Orientalist-inspired novel *Sphinx*. In writing about the theatrical work, Alberto Ferreira da Rocha Júnior notes that Coelho Neto includes a reference to a newspaper article about an intersex individual whose case came to light in the city of Belo Horizonte in 1917 (280–81). The text of Coelho Neto's play *O patinho torto* first appeared in a magazine in 1918 and revolves around the main character, Eufêmia, who at the end of the play announces that she will maintain a female identity for her mother at home but will otherwise adopt a male identity (Coelho Neto, *O patinho torto* 112). While Eufêmia's ambiguous sexual identity makes light of middle-class mores, the novel remains sympathetic toward Eufêmia and her desires, suspending moral judgment.[6]

It is hard to document the direct impact of the belle epoque and gender politics on Coelho Neto, since he wrote these works after marrying a woman, Maria Gabriela Brandão, who came from a traditional and well-connected family. As Renato Lanna Fernandes notes, Coelho Neto's father-in-law, Alberto Olympio Brandão, a well-known educator and local politician, helped launch Coelho Neto's academic and political career. A sophisticated intellectual and gifted speaker with family connections, Coelho Neto was named professor of art history at the Escola Nacional de Belas Artes in 1892, and in 1897 he was one of the many supporting founders of the Academia Brasileira de Letras, whose best-known founding member and first president was Machado de Assis. He became an instructor of literature at his former high school, Colégio Pedro II, in 1904 and was subsequently appointed professor of theater at the Escola de Artes Dramáticas, becoming its director in 1910. He was also active in politics and was elected to congress as a representative from his native state of Maranhão, first in 1909, then again in 1917. In addition to these official positions, he continued to write for newspapers and magazines while also composing novel after novel as well as poetry, short stories, and theatrical works.[7]

In the 1920s Coelho Neto maintained his status as Brazil's most widely read author, and, despite the low esteem in which he was held by Brazilian modernists, he was elected president of the Academia Brasileira de Letras in 1926. Yet in

1922 misfortune had touched his personal life in the form of the accidental death of one of his sons, evidently moving him to convert from Catholicism to Brazilian spiritism the next year.[8] He continued to write into the early 1930s, but after his wife's death in 1931, he withdrew from literary circles, and he died in 1934, two years after his nomination for the Nobel Prize. As Rodrigo da Rosa Bordignon summarizes, Coelho Neto's life and work generally "expressam a conformidade com a ordem social e cultural estabelecidas" (96), illustrating the idea that his life was generally conventional and not that of a crusader, despite his progressive views on gender.

As an intellectual writing at the turn of the century, a time of political turbulence, Coelho Neto alternated between the historical and the panoramic, on the one hand, and the esoteric and the intimate, on the other. And while few critics have emphasized his connections with the otherworldly and the hermetic, in this respect he could be compared to Spanish American modernist authors who turned away from politics to find solace in symbolist or other new religions, including theosophy. Borrowing from Neoplatonism, Pythagoreanism, and Eastern religions, theosophy also incorporated the Western idea of the spiritual evolution of the soul. As Rachel Haywood Ferreira demonstrates in *The Emergence of Latin American Science Fiction*, "noncanonical" science runs throughout the work of many Latin American authors of the late nineteenth and early twentieth centuries (133). These alternative sciences included mesmerism and magnetism as well as the religious practices of theosophy and spiritism (13–14). Luis Cano's *Los espíritus de la ciencia ficción* (*The Spirits of Science Fiction*) also argues that nineteenth-century works by Latin American science fiction authors take their cue from spiritism and the evolution of the soul as expressed in the works of the French astronomer Camille Flammarion while also including the aspect of adventure found in the works of Jules Verne (16–17). Thus, instead of depending on conventional science, technology, and outward conquest, as writers in the Anglo-American tradition do, Latin American authors relied on alternative forms of science and religion to focus on human relations, psychology, and inner or spiritual conquest in their own form of science fiction.

Other Latin American writers of the time also experimented with gender and spirituality, as Haywood Ferreira has shown in her analysis of the Mexican modernist author Amado Nervo's *El donador de almas* (*The Soul-Giver*), which tells the story of a male physician who shares his mind and body with a female spirit. Nervo's text depicts the physician Rafael Antiga as a lonely scientist who pines for a female soulmate. Rafael's friend Andrés Esteves uses his occult powers to provide one for Rafael, and the spirit, named Alda, enters the left side of Rafael's brain, hinting at a nonconforming gender relationship (Ginway, *Cyborgs* 88–89). However, the two characters maintain conventional cisgender roles despite sharing a male body, and although initially compatible, they eventually experience a falling-out and part amicably. Haywood Ferreira interprets the narrative as a disruption of the balance and pairing of opposites typical of Pythagorean thought, reinforcing the idea of conventional gender roles and the balance between male and female principles (169–70).[9]

Sphinx and the Neo-Gothic

Coelho Neto's novel of gender experimentation and the occult does not end as happily as Nervo's does, perhaps because of the embodied nature of James Marian's gender experience. Sá places the critical study of *Sphinx* within a line of gothic studies initiated by Ellen Moers's important 1976 essay "Female Gothic," which examines the role of the body and gender politics in Mary Shelley's life and works. The idea of an embodied gothic criticism was continued in a 1994 essay by Susan Stryker, who found the gothic approach to be expressive because it captures how medical sex reassignment can generate a naturalness of effect, yet such embodiment "places its subject in an unassimilable, antagonistic, queer relationship to a Nature in which it must nevertheless exist" (242–43; see also Sá 74). More recently, Jolene Zigarovich has applied the prefix *trans-* to the gothic because "it exposes trans characters and trans plots to underscore the genre's instability" (5). As Sá aptly summarizes, the gothic transgresses not only bodily borders but also geographic borders (74). This transgothic aesthetic accounts for both the content and the style of *Sphinx*, which crosses genre boundaries using a digressive narrative style that includes flashbacks, diary entries, poetry, and philosophical and religious speculation.

A key aspect of *Sphinx* is the transcultural exchange that results from the interactions between the English-born James Marian and the Brazilians with whom he resides in a boardinghouse in Rio de Janeiro (Sá 74). Here a variety of male boarders ranging from medical students and artists to retired bureaucrats and veterans gather at mealtimes to talk and to chat about other guests (Ginway, "Transgendering" 44). As such, the boardinghouse constitutes what Eve Kosofsky Sedgwick has called a "homosocial" space, one that is dominated by males joined by a camaraderie that includes homophobia (1). Although the boarders are mostly middle-class, single white men, some older, some younger, there are two female residents, both English: the motherly Miss Barkley, who runs the boardinghouse, and Miss Fanny, a young, red-haired teacher. A third English resident is James Marian, who has a robust physique and an uncannily feminine face. The novel is centered mainly on the mysterious identity of

James Marian, whose nature is likened to that of the sphinx because of his queer or dual nature. In the Greek tradition, the sphinx has the lower body of a lion, suggesting masculine strength, and a female upper body, often portrayed with breasts, and a female head. Roberto de Sousa Causo cites the Belgian Fernand Khnopff's 1896 painting *The Sphinx or the Caress* as a possible source of inspiration for Coelho Neto's *Sphinx* (115–16). In the painting, the sphinx is visualized as a type of femme fatale, a creature that is a portent or warning of things to come, representing both the fearsome and the sublime or otherworldly. At times, Coelho Neto's protagonist is evocative of gothic horror and recalls Julia Kristeva's concept of the "abject"—that which provokes a visceral sense of horror and revulsion, like that provoked by bodily excretions (2–3). At the same time, the fascination with the abject often makes it an object of curiosity. According to Judith Butler, this simultaneous sense of repulsion and fascination may extend to the social practices of certain groups whose rejection by society consolidates hegemonic identities (181–82). Although James Marian sometimes experiences this type of social treatment, his wealth generally insulates him from outright rejection, while his connections with the occult sciences afford him otherworldly powers.

In *Sphinx*, the unnamed narrator, a writer and translator who resides in the boardinghouse, discovers James Marian's secret when asked to translate the Englishman's diary. From this embedded text we learn that James was orphaned at an early age and taken to an estate to be raised by a housekeeper and a mysterious man named Arhat. At age thirteen, James is introduced to a boy and a girl—Maya and Siva—whom he befriends. Subsequently, when James finds the dead body of Arhat, he falls into a three-month coma. When he awakens, Maya takes him to a park where he meets the spirit of Arhat, who reveals that some ten years earlier, having learned of a terrible accident involving a brother and sister, he had used his surgical skills and the arcane arts (*magna scientia*) to save the body of the boy and the head of the girl by making them into a single being—James Marian. Arhat had introduced the two children into James's life in hopes of discovering the gender of James's soul but warns him that in either case he will always be an outsider. Some years later, having come into a considerable inheritance, James decides to travel the world.

Causo was among the first to explore parallels between Coelho Neto's James Marian and the monster in Mary Shelley's *Frankenstein*, characterizing both as artificial creations abandoned by their creators (113–15), although, to be fair, Arhat does attempt to offer guidance to his ward. Karen Garbo reads Coelho Neto's novel within the postcolonial framework of Gayatri Spivak's interpretation of Shelley's *Frankenstein* (98). Alexander Meireles da Silva places Coelho Neto's novel within the tropes of *Frankenstein* but emphasizes the role of the mad scientist over that of the monster (14), while Enéias Tavares places *Sphinx* in the tradition of the fantastic in Brazil, emphasizing the Freudian uncanny in his analysis of the novel (21). Naiara Sales Araújo Santos and Dayane Andréa Rocha Brito explore the history of gothic science, summarizing previous work on the novel by Causo, by Silva, and by Ginway ("Transgendering"). Finally, Sá emphasizes the idea of the artificial body in *Frankenstein*, which, stitched together (81–83), is a feature shared with Coelho Neto's James Marian, whose large neck scar marks him as a transgothic character.

A comparison can also be drawn between James Marian and Bram Stoker's Dracula, the title character of a late-nineteenth-century work of the gothic revival. Like Dracula, James attracts men and women alike, although his contact with them is mainly through conversation and unrequited

Introduction xxi

love, while Count Dracula bites the necks of his female victims, suggesting penetration and sexuality. Although he is not predatory, James ends up seducing both men and women with his attractive appearance. However, James's seduction is almost inadvertent. The first victim, the teacher Miss Fanny, falls in love with him after listening to music with him in the garden. When James decides to spend more time away from the boardinghouse with a male friend, Miss Fanny's tuberculosis dramatically worsens, and she dies soon after. Notably, Miss Fanny's tuberculosis causes her suddenly to cough up blood, which connotes sexuality and violation, as if she were condemned to die for falling in love with this gender-fluid person. Later in the story, James characterizes his seductive effect on Miss Fanny as "[v]ampirismo espiritual" (ch. 7).

Sphinx and the Queer

James's rejection of queerness and of Miss Fanny repeats his adolescent rejection of Maya during the years he spent with Arhat. In another interlude in Stockholm before arriving in Brazil, James lodges with a family and falls in love with his host's son but finds himself unable to continue with the relationship. He simply cannot live as a man or as a woman, preferring to remain alone and gender-nonconforming. Realizing the problematic nature of his love for others who are part of traditional society, he withdraws from the situation, as he did in his earlier life, and takes up his travels again. Mark De Cicco has used the polyvalent word *queer* to examine the role of the occult sciences in the literature of the Victorian period, when the term meant "peculiar" or "strange," "eerie" or "supernatural," or "transgressive," either physically or sexually (5). For De Cicco, the trajectory of the scientist-explorer who delved into the occult toward a space of the queer risked falling under its spell and possibly insanity. In his analysis of

Robert Louis Stevenson's *The Strange Case of Dr. Jekyll and Mr. Hyde*, De Cicco notes that "the attempt to come to terms with the queer or abnormal, as well as the scientist's survival, depends upon the ability of the scientist to 'queer' himself and/ or his subject in preparation for the encounter with the occult" (7). In falling in love first with a woman and then with a man, it is as if James Marian has developed a sort of immunity to his physical queerness, enabling him to live between two worlds and to embody both male and female traits, the physical and the mystical, without falling victim to madness or death.

Back in Rio de Janeiro, the text brings in elements of the supernatural. We learn, for instance, that James is able to produce ghost-like projections of himself. Shortly before Miss Fanny's death, James casts a mysterious spell on her and her fellow boarders, magically appearing before them, dressed in a tunic, while he is actually in another part of Rio interacting with others. Before she dies, Miss Fanny has another vision of James, and the narrator also states that he saw "James Marian e, naquele traje, o seu rosto realçava mais belo. Era ele, como eu o imaginara em devaneio" (ch. 3). Here the narrator admits to seeing James's incredible beauty as if he had imagined him in a dream, suggesting an almost sexual fantasy. Another boarder, the musician Frederico Brandt, whose piano music charms both James and Miss Fanny, also confesses to having the same vision of a tunic-clad James floating in and out of sight near the boardinghouse. However, the musician likens James to an angel, a genderless being, emphasizing his androgynous quality. Miss Fanny's death is real, however, which leads us away from the spirit and back to the body and issues of gender identity.

Whereas James rejects his female admirer, he forges an intimate bond with the male narrator, who, as the translator of James's diary, knows his secret identity. Toward the end of the narrative, when James abruptly decides to leave, the narrator recounts a scene in which he dutifully returns the original manuscript to its owner. The moment would be banal were it not for the fact that, later, we learn that James had already left by ship the day before, making it seem as though the narrator hallucinated or experienced an uncanny, supernatural event. After learning about James's earlier departure, the narrator raves against Marian, claiming he felt possessed by a "súcubo," a female supernatural being known for seducing men in their sleep through sexual activity: "Eu estava possuído, era uma vítima daquele demônio súcubo que me infiltrava na alma os seus sortilégios" (ch. 8). He subsequently suffers a mental breakdown from which he recovers only months later, awakening to find himself in an asylum. When a former boarder (and medical student) visits the narrator there, he offers a typical scientific explanation of the narrator's experience: namely, neurasthenia, the all-purpose malady of the overstimulated urban dweller. Here the narrative offers us a rational solution, leaving us with a Todorovian hesitation (41) between the natural (mental illness) and the supernatural (astral projection). This hesitation, I would argue, opens up a space for the topic of queer sexuality and gender nonconformity.

The Message of *Sphinx*

At first, the novel's aim seems to be to warn us away from the queer or the occult. Unlike Rafael Antiga, the doctor in *El donador de almas*, the narrator of *Sphinx* has not fully inoculated himself against the effects of the arcane arts and suffers a breakdown. We can extrapolate that, while Miss Fanny experiences physical death because of her desire for James, the narrator undergoes a type of psychological death or insanity brought about by his desire for the mysterious, sexually ambiguous protagonist. James Marian's character raises issues of repressed homosexuality and bisexuality as a threat to heteronormative society, evoking fears of degeneration that could undermine the values of Brazilian society at the turn of the century, as noted by the historian Dain Borges.

However, James Marian actually leads a privileged existence and is able to control his own life circumstances, lending him a more powerful spiritual, independent force. While his queer body may be perceived as a threat to some, his presence inspires a spiritual revelation in others. Coelho Neto may have been influenced by Kardecist spiritism, which found fertile ground in Brazilian society, where syncretic religious practices as well as popular Catholicism and Comtian positivism were popular among the middle and upper classes. The establishment of the republic and the separation of church and state allowed spiritism's doctrines of healing, charity, reincarnation, and karmic evolution to flourish (Hess 14–16) and to become a source of heated debate among Brazilians, some of whom saw it as a source of psychiatric therapy, while others feared that it would cause psychic harm. Alexander Moreira-Almeida and colleagues cite concerns by Brazilian physicians that spiritism provoked madness, noting that in 1909 a conference on the "Dangers of Spiritism" was held at the Medical Society of Rio de Janeiro, but no action was taken against the spiritist movement (9).

Although James Marian fails to find a sympathetic community among the conventional men of the boardinghouse, he serves as an inspiration to its artists, including the musician, the teacher, and the narrator, who is also a writer and translator. If physical contact is taboo for James Marian—as shown by his reaction to Miss Fanny—psychological empathy or creative inspiration are still an option for the musician and writer. Thus, James Marian's spiritual or otherworldly impact may reflect what Jack Halberstam has called a "de-linking" from the "organic and immutable forms of family" (70), an attitude represented by artists and others open to new forms of knowledge beyond the traditional values of heteronormative society. Coelho Neto's novel illustrates a fascination with the Orientalist thought that was popular at the time, and although this element is incorporated in a somewhat superficial way, it acts as a platform for commentary on Brazilian society from an outside perspective. This Orientalist strategy is also featured in Machado de Assis's story "As academias de Sião," in which a king and his concubine exchange bodies for a period of six months. By using an Asian setting to couch a discussion of gender ambiguity and the anxiety and violence that it provokes, Machado de Assis was able to critique the purported naturalness of gender roles and other conventions of his own society without threatening the regime of the Brazilian monarchy directly (Ginway, *Cyborgs* 76–79). Although the overt message of Coelho Neto's *Sphinx* appears to be a warning about James Marian's threat to established norms of behavior and traditional heteronormative morality, there seems also to be a second, covert message. As in the story by Machado de Assis, the theme of sexual ambiguity encourages readers to resist conventions and seek knowledge. This is the advice Arhat conveys to James in his final words before his death, telling him to use his fortune to bring enlightenment: "Faze com ele o que faz o sol com a chama: luz, claridade, calor, vida. O ouro da mina é o verdadeiro fogo da região maldita, fá-lo tu sol, luz celeste aplicando-o ao bem" (ch. 6). In this sense, it seems that James is destined to bring out the hypocrisy of those who would otherwise shun him but accept him because of his money. His wealth grants him immunity from prejudice, allowing him to provoke others, defy convention, and open up new ways of seeing, despite the odds against him. Perhaps what is most remarkable about *Sphinx* is that it was written and published by a nearly forgotten Brazilian author whose imagination created an original contribution to global literature and gender studies.

Notes

1. Speculative fiction includes the subgenres of science fiction, fantasy, and horror. It should not be confused with magical realism, which is often associated with mainstream Latin American literature by Alejo Carpentier, Julio Cortázar, and Gabriel García Márquez, among others. See Haywood Ferreira for a discussion of this important distinction and the gothic origins of Latin American speculative fiction (8–11).

2. Coelho Neto's novel is an early example of speculative fiction that explores issues relating to gender identity. While it might seem anachronistic to use the descriptor *transgender* to refer to a character in a 1908 novel, James Marian's gender—articulated in terms of his masculine and feminine "almas"—can reasonably be described as fluid. For more on gender and gender identity and for a definition of *transgender* in current usage, see "Gender."

3. Examples of high school texts that do not include Coelho Neto are Cereja and Magalhães's *Literatura brasileira* and Faraco and Moura's *Literatura brasileira*, which were originally designed to help students prepare for college entrance exams in Brazil.

4. A list of Coelho Neto's books—including two editions of *Esfinge* (original spelling *Esphinge*) published by the Portuguese press Chardron in 1908 and 1920 and *O patinho torto*, in *Theatro VI* (Chardron, 1924)—is available on the University of Pennsylvania's *Online Books Page* (online books.library.upenn.edu).

5. *Encilhamento* means literally a "saddling-up" and refers to the quick reactions of speculators to seize get-rich-quick opportunities that led to economic instability during this period and an eventual stock market crash.

6. Eufêmia remains a gender-nonconforming character throughout the play, according to Rocha Júnior (287), suggesting an openness to gender fluidity on the part of Coelho Neto, a view shared by Braga-Pinto (28). Published in *A política: A revista combativa ilustrada* in Rio de

Janeiro in three installments on 15, 22, and 29 November 1918, the published play apparently caused no scandal. For a discussion of the figure of the androgyne in *O patinho torto* and other works by Coelho Neto, see Braga-Pinto. Later, in the 1920s and 1930s, medical and political authorities became increasingly less tolerant of diverse gender expression; see Green, "Doctoring."

7. For a brief biography of the author in English, see "Coelho Neto" (*Acervo Lima*).

8. Spiritism developed in Brazil based on the teachings of the French educator Allan Kardec (pseudonym of Hippolyte Léon Denizard Rivail [1804–69]), who also held a doctorate in medicine. He is best known for his systemization of spiritist thought. Kardecism in Brazil is associated with spiritual evolution and esoteric thought and also includes homeopathic medicine and the practice of mediumship (Hess 21).

9. For an alternative interpretation of sexuality in the novel, see Ginway, *Cyborgs* 86–90.

Works Cited

Bordignon, Rodrigo da Rosa. "Coelho Netto: Homem com profissão." *Tempo social: Revista de sociologia da USP*, vol. 32, no. 2, 2020, pp. 79–100.

Borges, Dain. "'Puffy, Ugly, Slothful and Inert': Degeneration in Brazilian Social Thought, 1880–1940." *Journal of Latin American Studies*, vol. 25, no. 2, 1993, pp. 235–56.

Bosi, Alfredo. "O romance: Entre o documento e o ornamento." *O pré-modernismo*, by Bosi, Cultrix, 1966, pp. 73–89. Vol. 5 of *A literatura brasileira*.

Braga-Pinto, César. "O imaginário intersexual de Coelho Neto." *Novos estudos de CEBRAP*, vol. 41, no. 1, 2022, pp. 11–36.

Butler, Judith. *Gender Trouble*. 1990. Routledge, 2006.

Cano, Luis. *Los espíritus de la ciencia ficción: Espiritismo, periodismo y cultura popular en las novelas de Eduardo Holmberg, Francisco Miralles y Pedro Castera*. U of North Carolina, Chapel Hill, Department of Romance Studies, 2017. North Carolina Studies in the Romance Languages and Literatures.

Causo, Roberto de Sousa. *Ficção científica, fantasia e horror no Brasil, 1875–1950*. Editora UFMG, 2003.

Cereja, William Roberto, and Thereza Cochar Magalhães. *Literatura brasileira*. Atual, 2000.

"Coelho Neto." *Acervo Lima*, wiki.acervolima.com/coelho-neto/. Accessed 7 Oct. 2022.

"Coelho Neto." *Dictionary of Brazilian Literature*, edited by Irwin Stern, Greenwood Press, 1988, pp. 86–87.

Coelho Neto, Henrique Maximiano. *O patinho torto*. 1918. *Theatro VI*, by Coelho Neto, Chardron, 1924, pp. 11–147. *HathiTrust Digital Library*, hdl.handle.net/2027/inu.30000006693034. Accessed 7 Dec. 2022.

———. "The Pigeons." 1911. *Brazilian Tales*, translated by Isaac Goldberg, Four Seas, 1921, pp. 121–38. *Wikisource*, en.wikisource.org/wiki/The_Pigeons.

Daniel, Mary L. "Coelho Neto revisitado." *Luso-Brazilian Review*, vol. 30, no. 1, summer 1993, pp. 175–80.

De Cicco, Mark. "'More than Human': The Queer Occult Explorer in the Fin-de-Siècle." *Journal of the Fantastic in the Arts*, vol. 23, no. 1, 2012, pp. 4–24.

Faraco, Carlos Emílio, and Francisco Marto Moura. *Literatura brasileira*. Ática, 2000.

Fernandes, Renato Lanna. "Coelho Neto, Henrique." *CPDOC*, Fundação Getúlio Vargas, cpdoc.fgv.br/sites/default/files/verbetes/primeira-republica/COELHO%20NETO.pdf. Accessed 7 Oct. 2022.

Garbo, Karen. "O monstro possível no parnasianismo de Coelho Neto." *O inumano e o monstro*, edited by Ângela Dias et al., Dialogarts, 2020, pp. 91–103.

"Gender." *APA Style*, American Psychological Association, July 2022, apastyle.apa.org/style-grammar-guidelines/bias-free-language/gender.

Ginway, M. Elizabeth. *Cyborgs, Sexuality, and the Undead: The Body in Mexican and Brazilian Speculative Fiction*. Vanderbilt UP, 2020.

———. "Transgendering in Luso-Brazilian Speculative Fiction from Machado de Assis to the Present." *Luso-Brazilian Review*, vol. 47, no. 1, 2010, pp. 40–60.

Gonçalves, Márcia Rodrigues. *O Rio de Janeiro de Coelho Neto: Do império à república*. 2016. Universidade Federal do Rio Grande do Sul, PhD dissertation.

Green, James N. *Beyond Carnival: Male Homosexuality in Twentieth-Century Brazil.* U of Chicago P, 1999.

———. "Doctoring the National Body: Gender, Race and Eugenics, and the Invert in Urban Brazil, 1920–1945." *Gender, Sexuality, and Power in Latin America since Independence,* edited by William E. French and Katherine Elaine Bliss, Rowman and Littlefield, 2007, pp. 187–211.

Haberly, David T. "The Brazilian Novel from 1850 to 1900." *Brazilian Literature,* edited by Roberto González Echevarría and Enrique Pupo-Walker, Cambridge UP, 1996, pp. 137–56. Vol. 3 of *The Cambridge History of Latin American Literature.*

Halberstam, Jack. *The Queer Art of Failure.* Duke UP, 2011.

Haywood Ferreira, Rachel. *The Emergence of Latin American Science Fiction.* Wesleyan UP, 2011.

Hess, David J. "The Many Rooms of Spiritism in Brazil." *Luso-Brazilian Review,* vol. 24, no. 2, 1987, pp. 15–34.

Johnson, Randal. "The Institutionalization of Brazilian Modernism." *Brasil/Brazil,* vol. 3, no. 4, 1990, pp. 5–23.

Kristeva, Julia. *Powers of Horror: An Essay on Abjection.* Translated by Léon S. Roudiez, Columbia UP, 1982.

Lopes, Marcos Aparecido. *No purgatório da crítica: Coelho Neto e seu lugar na crítica brasileira.* 1997. Universidade Estadual de Campinas, MA thesis.

Machado de Assis, Joaquim Maria. "As academias de Sião." 1884. *Histórias sem data,* by Machado de Assis, edited by Afrânio Coutinho, Nova Aguilar, 1986, pp. 468–73. Vol. 2 of *Obra completa: Conto e teatro.*

Mendes, Leonardo. "Vida literária e homoerotismo no Rio de Janeiro de 1890." *Via Atlântida, São Paulo,* no. 24, 2013, pp. 133–48.

Miskolci, Richard, and Fernando de Figueiredo Balieiro. "O drama público de Raul Pompeia: Sexualidade e política no Brasil finissecular." *Revista brasileira de ciências sociais,* vol. 26, no. 75, 2011, pp. 73–88.

Moers, Ellen. "Female Gothic." 1976. *The Endurance of Frankenstein: Essays on Mary Shelley's Novel,* edited by George Levine and U. C. Knoeflmacher, U of California P, 1979, pp. 77–87.

Moisés, Massaud. "Coelho Neto." *O pequeno dicionário de literatura brasileira,* edited by Moisés and José Paulo Paes, Cultrix, 1980, pp. 109–11.

Moreira-Almeida, Alexander, et al. "History of 'Spiritist Madness' in Brazil." *History of Psychiatry*, vol. 16, no. 1, 2005, pp. 5–25.

Needell, Jeffrey. *A Tropical Belle Époque: Elite Culture and Society in Turn-of-the-Century Rio de Janeiro*. Cambridge UP, 1987.

Nervo, Amado. *El donador de almas*. 1899. *La revista quincenal: Revista literaria*, vol. 3, no. 5, 1920, pp. 3–79.

Rocha Júnior, Alberto Ferreira da. "Apontamentos e reflexões sobre as relações entre o teatro e a diversidade sexual." *O eixo e a roda*, vol. 26, no. 2, 2017, pp. 277–300.

Sá, Daniel Serravalle de. "Trans Gothic Double in Coelho Netto's Novel *Esphinge*." *Doubles and Hybrids in Latin American Gothic*, edited by Antonio Alcalá González and Ilse Bussing López, Routledge, 2020, pp. 73–87.

Santos, Naiara Sales Araújo, and Dayane Andréa Rocha Brito. "Um olhar sobre os limites do corpo humano por meio de *Esfinge* de Coelho Neto." *Revista interdisciplinar em cultura e sociedade*, vol. 3, 2017, pp. 235–51.

Sedgwick, Eve Kosofsky. *Between Men: English Literature and Male Homosocial Desire*. Columbia UP, 1985.

Silva, Alexander Meireles da. "O gótico de Coelho Neto: Um diálogo entre as literaturas brasileira e anglo-americana." *Anais do V Congresso de Letras*, Universidade do Estado do Rio de Janeiro, São Gonçalo, 2008, pp. 1–22, www.filologia.org.br/cluerj-sg/anais/v/completos%5Ccomunicacoes%5CAlexander%20Meireles%20da%20Silva.pdf.

Silveira, Eujacio Roberto. "Indústria e pensamento industrial na Primeira República." 7ª Conferência Internacional de História Econômica e IX Encontro de Pós-Graduação em História Econômica, 15 June 2018, Universidade de São Paulo, Ribeirão Preto, www.abphe.org.br/uploads/Encontro_2018/SILVEIRA.%20INDÚSTRIA%20E%20PENSAMENTO%20INDUSTRIAL%20NA%20PRIMEIRA%20REPÚBLICA.pdf.

Stoker, Bram. *Dracula*. 1897. Edited by Nina Auerbach and David J. Skal, W. W. Norton, 1997.

Stryker, Susan. "My Words to Victor Frankenstein above the Village of Chamonix: Performing Transgender Rage." *GLQ*, vol. 1, no. 3, 1994, pp. 237–54.

Tavares, Enéias. "Androginia, sexualidade e monstruosidade: Uma introdução aos enigmas do/a *Esfinge* de Coelho Neto." *Monstruosidades do fantástico brasileiro*, edited by Cleber Araújo Cabral et al., Diologarts, 2020, pp. 10–25.

Todorov, Tzvetan. *The Fantastic: A Structural Approach to the Literary Genre*. Translated by Richard Howard, Cornell UP, 1975.

Zigarovich, Jolene. Introduction. *Transgothic in Literature and Culture*, edited by Zigarovich, Routledge, 2018, pp. 1–21.

Note on the Text

The present text is taken from the second edition of the original, 1908 edition, published in 1920 in Porto, Portugal, by Livraria Chardron, de Lélo & Irmão, and has been modernized to reflect current usage.

There have been several spelling reforms and agreements in the Portuguese-speaking world, the most significant occurring in 1911, 1945, and 1990. The spelling used in the 1908 edition was the spelling used prior to the 1911 Portuguese orthographic reform, which was the first time the language was standardized, ostensibly for the purpose of improving the literacy of Brazil's citizens. The main features of the revised system were intended to simplify spelling and to introduce principles of accentuation (Jones 168, 170).

Work Cited

Jones, Maro Beath. "The Revised Portuguese Orthography." *Hispania*, vol. 4, no. 4, Oct. 1921, pp. 168–74. *JSTOR*, www.jstor.org/stable/331375.

Esfinge

I

A pensão Barkley, na rua Paissandu, tinha a celebridade honesta de um lar de família.

Discreta, sem reclamo algum, nem sequer uma placa no portal de granito, confortavelmente instalada em prédio antigo e vasto, parecia dormir sono de encanto à sombra do arvoredo, no fundo do jardim, onde uma cascatinha de rocalha, alegrava o silêncio com leve, perene e fresco murmúrio d'água.

Caramanchões copados de jasmins e de rosas cercavam refúgios aprazíveis e as camaxirras, atraídas pela quietação, teciam, com segurança, nos ramos musgosos, nas sebes de acalifa ou de cedro, os seus ninhos a que Miss Barkley, todas as manhãs, à hora do pão, já espartilhada e com toda a casa em regime, dava uma lenta vista de olhos, como se considerasse aquelas frágeis alcofas de palha e plumas aposentos também sujeitos à sua vigilância.

Além do prédio, ao fim de uma aleia de acácias, havia um chalezinho que a inglesa, com o seu gosto sóbrio e o seu meticuloso asseio, atapetara, mobiliara e empanara para

Frederico Brandt, professor de piano, crítico musical e compositor exímio.

Naquele refúgio, o artista, que só dispunha da noite para o estudo, porque as horas do dia mal lhe chegavam para lições em bairros distantes, podia, sem incomodar os hóspedes avessos à música, como o velho comendador Bernaz, que ocupava os melhores aposentos do primeiro andar, à frente, com o seu reumatismo e seiscentos e tantos contos a juros, repassar os seus clássicos e compor, em hora de gênio, no estilo misterioso e nostálgico de Grieg.[1]

Miss Barkley realizava, com o silêncio divino, o prodígio da ordem. A um gesto seu, ao fuzilar dos seus olhos azuis acerados, que os óculos ainda mais acendiam, os criados curvavam-se sem ruído, sem atropelo, cada qual no seu serviço.

Se ela descia ao jardim relanceando lentamente o olhar, dir-se-ia que os pássaros cantavam mais trêfegos, que as rosas desabrochavam mais belas; a mesma água da cascatinha, sempre escassa no tímido fluir, parecia correr mais abundante, com som mais alto, à sombra úmida dos fetos e dos tinhorões.

Era uma mulheraça magra, angulosa e hirta. Os seus lisos bandós cor de âmbar, repuxados, ainda mais lhe

---

1. Edvard Hagerup Grieg (1843–1907) foi um compositor e pianista norueguês e é geralmente visto como um dos compositores mais importantes do período romântico.

afilavam o rosto. A boca redonda dava a impressão de estar sempre assobiando, o queixo agudo arrebitava-se como atraído pelo nariz adunco, afiado em lâmina de foice.

Pouco falava e a face, severa e dura, era impermeável ao sorriso.

Décio, quartanista de medicina, que costumava aparecer em visita ao pianista, escandalizando a casa com a sua alegria esfuziante, definia, em frase cerce, a aprumada e ressequida inglesa: "É um homem aleijado em mulher". Mas gabava-lhe o tino, o gênio administrativo, a austeridade puritana e o culto exaltado de Tennyson.

Alma escarpada, aparentemente estéril, um alcantil sem arestas, de todo nu e seco, era, entretanto, adorada na vizinhança. À noite, vultos atravessavam sorrateiramente o jardim, com embrulhos — eram os seus pobres que vinham à ração diária.

Mais difícil do que a conquista de uma cidade bem artilhada e abastecida era conseguir um aposento naquela casa de tanta simplicidade e modéstia.

Miss Barkley preferia conservar os seus aposentos vazios, a alugá-los sem todas as garantias. Tomava informações e, ouvindo-as, os seus olhos faiscavam como incendiados, aclarando-lhe a sagacidade coscuvilheira, e só depois de convencer-se, com provas, da honestidade do pretendente, entregava-lhe a chave, com as rígidas condições de moralidade e uma tabela regulamentar com a lista dos extraordinários.

Mas era uma alta recomendação a residência naquela casa: o recibo da "Pensão Barkley" valia como fiança no comércio e como folha corrida na sociedade.

Apesar da vastidão senhorial do prédio, eram poucos os que gozavam a sua tranquilidade, o conforto macio das suas poltronas Maple, a alvura cheirosa dos seus linhos, a sua sólida e farta refeição, as flores do seu jardim, que nunca faltavam à mesa do jantar, nas étagères, nos aposentos dos hóspedes, e sempre frescas.

No primeiro andar, o grande salão e dois quartos eram ocupados pelo comendador Bernaz.

Rabugento e caseiro, sempre a esmoer, passava os dias encerrado ou, nos grandes calores, aproveitando as manhãs e as tardes, com um costume branco de linho, largo chapéu de palha, saía ao jardim rondando as sombras, sempre com um alfarrábio ou metia-se em um dos caramanchões para dormitar à sesta.

Era o hóspede mais antigo; dizia-se até que fora ele quem adiantara o capital a Miss, por isso que ela o tratava com intimidade e um carinho quase meigo.

Miss Fanny, professora, tinha o seu aposento fronteiro ao de Miss Barkley — um quarto amplo, abrindo sobre a área central, cheio de vasos de plantas, com uma janela para o jardim. Passava os dias fora, recolhendo à tarde da sua peregrinação pelo bairro, a ensinar crianças, espalhando as regras e infundindo a pronúncia do inglês, lecionando história, geografia, desenho e música.

Sempre com a bolsinha atulhada de brochuras inglesas, ao ver um pequenito em algum jardim, chamava-o e, através das grades, passava-lhe um dos opúsculos, mostrando-lhe as figuras; às vezes ajuntava à oferta lápis de cores, cartões e seguia apressada, batendo rijamente as solas.

Aos domingos, reunia bandos gárrulos de crianças, levava-as aos jardins públicos, às praias e alegre, rindo, com o sangue a manchar-lhe as faces, os olhos muito brilhantes, corria com elas pela relva fina, por entre as árvores, ao longo do areal molhado, fortalecendo-as ao sol, na sadia exalação dos bosques ou ao ar salitrado que vinha do oceano azul.

Era sardenta e sofria de enxaquecas, sempre com o vidrinho de sais e cápsulas no bolso.

À mesa falava o inglês ou estropiava, a contragosto, o português, com esgares de nojo, rolando as palavras na boca, como se lhe causassem náuseas.

Em um dos quartos que abriam sobre a varanda, Alfredo Penalva, quintanista de medicina, muito casmurro, ainda que, certa manhã, o jardineiro o encontrasse estirado em um dos caramanchões a roncar, com um embrulho agarrado ao peito. Quando o levantou nos braços, chamando-o respeitosamente à decência, o embrulho caiu-lhe das mãos, desfez-se, e ovos duros rolaram pelo saibro.

No andar superior, perto da escada, eu tinha os meus aposentos: uma saleta e um quarto. Ao fundo, em vastos salões, Péricles de Sá, viúvo, empreiteiro de obras e fotógrafo aos domingos, e à frente, enchendo o salão e três peças, inclusive o terraço entulhado de tinas e de vasos de plantas como um jardim babilônico, o formoso e excêntrico James Marian.

Sim, Basílio, o guarda-livros, tinha no primeiro andar, um quarto ascético, que era o desespero de Miss Barkley, porque o homem fazia questão de o manter em desordem, com os livros espalhados, os jornais, as revistas pelo chão e berrava, vociferava quando, ao entrar, via os volumes em rimas ordenadas, os jornais emaçados, as revistas em pilhas, os cachimbos em uma prateleirinha. Esteve uma vez para mudar-se porque Miss Barkley, com o seu espírito de ordem, pôs-lhe no quarto uma estante de ferro e, pacientemente, com verdadeiro prazer, arrumou nela os livros.

No porão, à frente, moravam três rapazes exemplares — um, estudante de direito, Crispim; os dois outros, irmãos, Carlos e Eduardo, de família inglesa, empregados em uma casa importadora.

Miss Barkley levantava-se às cinco da manhã, no inverno, e às quatro no verão, e, às seis horas, a casa resplandecia.

Os hóspedes tratavam-se com intimidade, só o inglês do segundo andar, o apolíneo James Marian, retraia-se a todo o convívio, sempre sorumbático, calado, aparecendo raramente à mesa às horas das refeições, tomando-as só ou no quarto, quando não as fazia no jardim, a uma pequena mesa de ferro, sob uma árvore, com champanhe a refrescar em um balde, ouvindo os passarinhos. Aos domingos, cedo, todo de branco, saía com a raquete para o tênis ou com a bolsa em que levava a roupa para o futebol. Era, em verdade, um formoso mancebo, alto e forte, aprumado como uma coluna.

Mas o que logo surpreendia, pelo contraste, nesse atleta magnífico, era o rosto de uma beleza feminina e suave. A fronte límpida, serena e como florida de ouro pelos anéis dos cabelos que por ela rolavam graciosamente, os olhos largos, de um azul fino e triste, o nariz direito, a boca pequena, vermelha e um pescoço roliço e alva como um cipó, sustentando a beleza perfeita da fisionomia de Vênus sobre as espáduas robustíssimas de Marte.

O comendador, que o não via com bons olhos, só lhe chamava "o Boneco", e Basílio, sempre azedo, não o suportava, achando-o ridículo com aquela cara de manequim de cabeleireiro.

James entrara com bagagem de lorde e grandes recomendações de Smith & Brothers. Miss Barkley admirava-o e, à noite, na varanda, ouvia-o, com enlevo, falar das suas viagens nas terras bárbaras,[2] em caravanas, caçadas de grande risco nos juncais da Índia, luta com uma cabilda negra, no Sudão, aventuras e temeridades de toda a sorte.

Conhecia o mundo e sonhava com uma viagem ao polo para olhar os extremos frios da terra, ouvir rugir o urso, bramarem as renas sobre as *banquises* errantes.

Os hóspedes revoltavam-se contra a indiferença, as maneiras secas de James; achavam-no sem educação. "Se tem libras, coma-as — dizia o comendador—, ninguém as pede. O bruto! Nem para dizer bom dia...Pensa que está a lidar com os negros da África...Engana-se!" Miss Fanny intervinha, apaziguando com a sua voz infantil e o seu português araviado: "Ele era até distinto. Um pouco acanhado, vergonhoso...Falassem-lhe..."

— Falar! A quem? Ao Boneco? Ora! pelo amor de Deus!

— O Décio almoçando, um domingo, na pensão, aludiu a um lindo inglês que vira.

---

2. O termo *bárbaro* se referia historicamente a qualquer indivíduo que não pertencesse à civilização grega ou romana e falasse uma língua diferente da dos gregos ou romanos; um estrangeiro ("Bárbaro").

— Imaginem, a mais formosa cabeça de mulher sobre o tronco formidável de um hércules de circo. A beleza e a força. Toda estética!

— Pois saiba o amigo — adiantou o comendador, mexendo com vagar a sua salada de batatas —, que toda essa estética, ou como diz, é o maior grosseirão que o céu cobre.

— O comendador conhece-o?

— Se o conheço!? Se ele mora aqui!

Décio arregalou os olhos exclamando, num berro:

— Aqui!

— Sim, senhor. Olhe, pergunte a Miss Barkley.

Miss baixou os olhos, com um leve rubor nas faces. Mas alguém ousou contrariar o comendador; foi Frederico Brandt:

— Não é grosseiro, é um tímido. — Todos voltaram-se para o pianista que se servia de peixe.

— Um tímido! — exclamou Basílio, carregando o sobrecenho. — Por que tímido e não grosseiro?

— Eu explico. — Miss Fanny repousou o talher, interessada, e todos os olhos fitaram-se no rosto moreno do professor. — Uma noite, eu estudava a *Patética* de Beethoven, quando, em uma pausa, pareceu-me ouvir andar no jardim, passos cautelosos que se distanciavam. Corri à janela, abri-a e, ao luar, reconheci Mister James.

Ainda estive um momento a contemplar a noite, voltei depois ao piano e toquei até tarde. Quando me levantei para fechar a janela, ele subia à varanda, lentamente.

Depois dessa noite nunca mais falhou aos meus estudos, e eu toco, certo de que ele está por ali, entre as árvores, em algum canto, ouvindo-me. Conhece-me, olha-me. Encontramo-nos todos os dias. Nunca me falou.

— É um romântico — explicou o Décio.

— Orgulho! — bradou o guarda-livros.

— Qual orgulho. Timidez.

Décio corroborou:

— Pode ser. Em geral, esses colossos são tímidos e ingênuos como crianças. A verdadeira força é simples como a natureza.

— Ora, a natureza! A natureza não tem obrigação de ser educada. Um homem sim, deve ser polido. Já se vê que ninguém se revolta contra as palmeiras aí da rua, porque não se afastam para dar passagem nem contra a chuva que molha, mas um homem, vivendo entre homens, tem obrigação de ser cortês. Agora um bruto passar por mim, muito teso, batendo com os pés, sem ao menos tocar no chapéu...isso lá, mais devagar...É grosseria e grande!

— É besta! — resumiu Basílio. Explodiu uma gargalhada. Péricles de Sá, que se conservara em silêncio, pigarreou. Penalva teve um engasgo e pôs-se a tossir e os dois irmãos, Carlos e Eduardo, muito vermelhos, abafaram o riso com os guardanapos. Miss Barkley fechou a cara ressentida e os seus olhos lampejantes ergueram-se para o guarda-livros que mastigava com gana. Pairou um silêncio que Brandt interrompeu dizendo:

— Eu mesmo tenho dessas coisas: só falo quando conheço.

— E ele? Não nos conhece? Não mora aqui?! — bradaram, a um tempo, com fúria. Igual, o comendador e Basílio.

— Sim, mas...

— Mas, o quê? Não há mas nem fole de ferreiro. Quer o senhor tomar as dores pelo homem só porque ele vai ouvir as suas músicas. Ora, pelo amor de Deus!

— Eu não peço auditório, comendador. Quando o quero, anuncio um concerto.

Houve um hiato de acanhamento, olhares cruzaram-se; sentia-se o mal-estar vexado. Miss Barkley acudiu a tempo:

— Ó senhores, que discussão! Que é isto? Com um dia tão bonito, realmente...Esqueçam Mister James com as suas excentricidades. O inglês é assim, tem nevoeiros na alma. Deixem vir o sol e hão de vê-lo alegre como um pássaro. Almocemos em paz.

Ainda discutiam quando a campainha vibrou. O criado subiu ao segundo andar e voltou comunicando a Miss Barkley que Mister James queria o almoço em cima, e champanhe.

No dia seguinte, brumosa segunda-feira de vento, Basílio, ao descer para o almoço, encontrou Miss Barkley no vestíbulo, onde tinha a sua escrivaninha protegida por um biombo, e houve entre os dois uma troca de palavras a propósito da cena da véspera, à mesa.

— O senhor compreende: tenho aqui rapazes, preciso manter o respeito.

— Tem razão, Miss, eu sou mesmo esquentado, é o meu gênio. Mas não há dúvida. Não falarei mais no homem: morreu para mim. E olhe, diga ao Alfredo que não me bula na mesa, deixe tudo como está. Era a defesa da desordem.

Uma noite, estava eu escrevendo, quando me pareceu ouvir gemidos, depois o baque de um corpo, nos aposentos do inglês. Estive um momento indeciso, à escuta, mas como os gemidos continuassem, saí ao corredor, adiantei-me até a porta do salão — estava aberta, havia luz. Os gemidos cessaram e eu já me decidia a voltar quando vi aparecer Mister James, mais lívido que nunca, os olhos imensos, alargados com expressão de pavor, a boca entreaberta, o alvo e formoso pescoço nu até a gola baixa da camisa de seda.

Viu-me, correu a mim, tomou-me as mãos ambas, arrastou-me até o sofá onde se deixou cair arquejando. Atordoado com tamanho imprevisto, fiquei sem ação, a olhar aquele homem que se debatia metendo os dedos pela gola da camisa como para alargá-la, agitando aflitamente a cabeça, num desespero de ar.

De repente, fitando em mim os grandes olhos maravilhosos, sorriu, com meiguice feminina, abrindo largamente os braços no encosto do sofá e derreando a cabeça dourada e revolta. Tomei-lhe o pulso, estava agitado; toquei-lhe a fronte: era de neve. Sentei-me junto dele e interroguei-o:

— Que sente?

Agitou-se, estirou as pernas, estalaram-lhe de rijo os dentes.

Sobre a mesa havia uma garrafa e copos: whisky. Preparei-o com água e ofereci-lhe. Bebeu a goles espaçados. Esteve algum tempo inerte, de olhos cerrados, como adormecido, respirando a custo, mas pouco a pouco, readquirindo a calma, sorrindo em êxtase, murmurando palavras vagas, pôs-se a passar a mão pelo peito. Levantou-se de ímpeto e, muito brando, muito afetuoso, apertou-me a mão: *Thank you...Thank you...!* Ainda esteve um momento em silêncio, conservando a minha mão na sua, por fim afastou-se, pôs-se a caminhar pelo salão, chegou ao limiar do terraço, retrocedeu hesitante, a olhar perdidamente e a sorrir.

Despedi-me, oferecendo-me para o que fosse preciso. Ele acompanhou-me à porta, muito agradecido, explicando "que era sujeito àquelas vertigens". E apertou-me efusivamente a mão, sorrindo: *Thank you! Thank you!*

Recolhi aos meus aposentos e nessa noite não consegui adiantar uma palavra ao trabalho que tinha em mãos. Estive à janela fumando, li, deitei-me insone, preocupado com o caso e era madrugada — começava o movimento na rua quando — adormeci.

De manhã, atravessando a aleia de acácias a caminho do banheiro, descobri James parado sob uma árvore, acompanhando, com interesse, as idas e vindas de uma camaxirra que se instalava em um ramo, tecendo o ninho.

Ouvindo os meus passos, voltou o rosto. Eu ia falar-lhe quando o vi afastar-se vagarosamente, os braços para as costas, a cabeça baixa.

Indiferença tal, indignou-me. Decididamente o comendador e Basílio tinham razão.

E nunca mais nos encontramos. Do meu quarto, à noite, eu ouvia-lhe os passos até tarde, às vezes cantarolas; mais nada.

Uma noite passeávamos na praia de Botafogo, Brandt e eu, quando o vimos passar em carro aberto.

— Lá vai o excêntrico — disse o músico atirando à rua a ponta do charuto. Comentamos aquela vida misteriosa e eu referi o caso da noite, "a vertigem", e Brandt, depois de ouvir-me em silêncio, disse:

— Para mim é um doente d'alma. Queria que o visses à noite, quando toco. O homem vem até à minha janela e ali fica horas e horas, ouvindo. Há certas músicas que o irritam, não sei porquê. Mal as começo, vai-se, nervoso, resmungando. Outras atraem-no como a *Melodie-nocturne,* de Meyer-Helmund, por exemplo, e não me causará surpresa vê-lo, uma noite, entrar no chalé, ouvir e retirar-se sem dizer palavra. Beethoven e Schumann exercem verdadeiro prestígio sobre ele. Se queres convencer-te, vem ao chalé e verás. E o mais interessante é que Miss Fanny adora-o.

— Quem? Miss Fanny!

— Sim. Até não sei se o homem fica no jardim para ouvir-me ou se o meu piano é apenas pretexto. Conversam, passeiam juntos. Vejo-os andar por ali até tarde.

— Miss Fanny!

— Pois não.

— Ora!...Não é possível. Miss Fanny? Não creio.

— Quando quiseres convencer-te...

— Amanhã, então...!

— Seja amanhã. Vai cedo: às nove.

— Está dito. — E despedimo-nos. Brandt ia a um aniversário rico, estava no programa com uma *Elegio* e a *Marcha dos mystas.*

A noite abafava. Ao longe, sobre o mar oleoso, luziam relâmpagos alumiando o céu denso e revolto. Golpes de vento levantavam torvelinhos de poeira.

Na noite seguinte, à hora convencionada, entrei no chalé. Brandt esperava-me folheando vagamente a partitura do *Parsifal*.[3]

O arranjo da sala revelava o artista. Móveis amplos, macios e confortáveis: poltronas e divãs de marroquim verde, com almofadas em pilhas; o grande piano Bechstein, de cauda, aberto, e um harmônio. Um biombo de Jacarandá e seda, marchetado, figurava, em bordados de ouro, fantasmagórica paisagem ribeirinha, cheia de cegonhas voando longínquas ou fincadas numa pata, olhando pensativamente os fios trêmulas d'água. O tapete fofo, cor de purpura, afogava os passos calando de todo o ruído.

Num cachepot, em coluna de faiança, uma palmeira inclinava graciosamente as folhas em flabelos e nas paredes quadros preciosos, gravuras, retratos, máscaras carrancudas de samurais, porcelanas antigas; uma panóplia autêntica, arranjada em torno de um escudo com um morrião ao alto e, irradiando, um troféu de flechas indígenas, e zarabatanas e tacapes e borés à volta de um vistoso cocar de plumas, flanqueado por um cinto de tucum franjado de campânulas de coco e uma luzida cabeleira

---

3. Uma ópera em três atos do compositor alemão Richard Wagner (1813–83), e sua última composição. Baseia-se em um poema do século treze que narra a história do Parzival (Percival), cavaleiro arturiano, e sua busca do santo graal.

negra, longa, a escorrer como a cauda farta de um potro selvagem. As estantes de música regurgitavam de álbuns. Um reposteiro verde encobria a porta do quarto.

Brandt abriu uma das persianas e logo um ramo de jasmineiro, estrelado de flores, inclinou-se com intimidade, invadindo o aposento.

O luar parecia de neve.

Fora, à margem, as árvores faziam um sussurro de sedas amarrotadas e, a espaços, um grito agudo, lancinante, magoava o silêncio. Era na vizinhança, uma senhora a rolar gorjeios em falsete histérico.

Brandt sorriu e tomando um álbum na estante, abriu-o ao piano e sentou-se, dizendo-me serenamente:

— Vou atraí-lo. — Correu o teclado, esteve um momento recolhido, de olhos altos, como à espera de um influxo superior...

Os dedos moveram-se de leve, serenos, num arroubo, desenhando na alma essa suave *Pastoral,* de Beethoven.

Os sons iam cantando, espalhando a divina poesia, abrindo o sentimento para o mistério da natureza, voando borboletas do sonho, para o sonho da noite, a confundir-se com o perfume, lá fora, na serenidade mística do espaço adormecido, ao luar.

Ia-se-me da memória a razão daquele encanto, a causa daquela festa harmoniosa, quando o pianista que, de instante a instante, inclinando-se, lançava os olhos ao jardim, avisou-me, imprimindo mais alma à maravilhosa sinfonia: "Aí vem ele!"

Eu ocupava uma poltrona fronteira à janela e vi distintamente o vulto branco adiantar-se, ora em plena luz, ora velado pela sombra dos lânguidos ramos.

Soergui-me na poltrona para ver melhor, nada; adiantei-me até a janela, olhei: lá estava ele imóvel, junto a uma palmeira, ouvindo.

Longe, outro vulto branco, leve como a neblina das manhãs, parecia oscilar ao fim da aleia de acácias como balançado em lenta retouça. Era Miss Fanny. E assim estiveram enquanto a música soou.

Calando-se o piano, James deixou o seu posto e foi-se vagarosamente ao encontro da professora. Seguiram como visões pálidas, perderam-se na sombra, ladeando os caramanchões que o luar caleava.

— Tens razão. É um idílio.

— Estás convencido?

— É verdade.

— Já vês que o inglês não é tão excêntrico como parece.

— Mais do que parece, Brandt. Lindo como é, com a fortuna que possui, podia levar o coração mais alto e dar aos olhos o encanto de uma face divina. Miss Fanny...hás de convir...excelente moça, não há dúvida, mas...

— Quem sabe lá! Miss Fanny é inteligente, tem uns cabelos que a transfiguram e o amor contenta-se com pouco. Há quem concentre a paixão num sorriso, em um gesto, no som da voz, abstraindo tudo mais. Ama-se, às vezes, a dor. Quem sabe lá! As almas puras aprofundam-se. Nenhum dos dois é um ser vulgar: ele, um excêntrico; ela, uma idealista. A formosura é vã. O coração não vê, sente. A vista é da inteligência, não do sentimento; está na cabeça...e a cabeça é o que flutua na realidade. O coração, esse mergulha no mistério, é o ritmo. Quem sabe lá! Mas deixemo-nos disto. Agora Schumann, a *Reverie*. — E preludiou.

De novo, ao luar, alvejaram os dois vultos. Em passo moroso e pensativo, James, destacando-se da companhia, veio ficar junto da palmeira e Miss Fanny conservou-se no mesmo ponto em que aparecera, imóvel e branca, como de mármore.

Ao fim da sentida página, James, silenciosamente, retomou o caminho a juntar-se à professora e, confundidos em uma só mancha, desapareceram na sombra.

— É curioso!
— Que dizes?
— Não sei.

A noite ia alta, serena e afagante, com o luar cada vez mais alvo, como uma flor que se fosse abrindo no silêncio. A aragem fresca meneava os ramos, sacudindo as flores fecundas ou virgens que amavam, esparzindo aroma ou recebendo germens. O perfume subia como uma voluptuosa serenata: era o hino nupcial das rosas sensuais, o epitálamo das magnólias e dos jasmins, a divina harmonia das corolas.

Languidamente os galhos inclinavam-se e as sombras negras dos ramos, movendo-se na areia das alamedas, eram como vigias de amor, escondendo discretamente o colóquio noturno.

Brandt, à janela, repetiu a frase:

— Quem sabe lá! Pode ser puro amor espiritual, essa divina afinidade que estabelece correntes de atração entre almas distanciadas, fazendo sair do frio do Norte um homem louro para os braços morenos de uma filha do país do sol. O povo chama a essa força misteriosa — Destino. E por que não — Simpatia? A formosura é ilusão dos sentidos. Belo, verdadeiramente Belo, só o Ideal. A noiva de Menipo é um símbolo.[4] Não há formosura que resista ao Tempo, e o Belo é eterno como o Ser.

E te digo: há ocasiões em que me sinto ardentemente apaixonado e a Mulher que eu amo (chamemos-lhe Mulher, que é a expressão do feminino) não vive, e existe; é

---

4. Refere-se à história na mitologia grega sobre um jovem de Lycia chamado Menipo. Ele se apaixona por uma bela e tentadora mulher jovem logo revelada por Apollonio como uma *empusa*, uma espécie de criatura que muda de forma.

imaterial e eu sinto-a. Vejo-a numa onda de sons como se vê o fumo que sobe dos turíbulos. Envolve-me com a sua essência e dá-me o puro gozo espiritual, que é o êxtase, mais doce, mais fecundo que o espasmo efêmero que gera a morte. É a Melodia, dirás. Não sei, eu chamo-lhe Amor. Nunca amaste?

— Verdadeiramente, nunca. Tenho tido impressões fugazes.

— Fugazes...O amor é uma ideia fixa: sobe do coração em sentimento e torna-se pensamento no cérebro. Quem sabe lá? Esse homem encontrou, talvez, em Miss Fanny, o complemento do seu ser, o seu feminino. Eram duas ânsias que se procuravam no Ideal. As palmeiras não amam à distância?

— E já notaste, Frederico, que o rosto de James não tem um só traço viril?

— Rosto de esfinge, meu amigo.

— Dizes bem: de esfinge. Boa noite, Brandt. E obrigado pelo espetáculo.

— Se te agradou, volta. — E, à porta, acrescentou: — Ainda espero arrastá-lo até aqui. Orpheu domava as feras, sustava o curso dos rios com a sua lira mística. Não é muito que eu avassale uma alma.

— Tens a Arte toda poderosa: Até amanhã.

Chegava á varanda recendente e clara, quando o silêncio abriu-se em sons de enternecida e comovedora doçura.

Encostei-me à balaustrada, ouvindo. Era o "arioso" de Elsa, a descrição do sonho, o canto humilde da Fragilidade fortalecida pela Fé, à margem do Scaldo, entre a crueldade pérfida de Frederico e Ortruda e a indiferença dos brabanções.[5] De onde vinha? Que voz o espalhava pela noite com tão doce meiguice?

Mas uma exclamação estranha arrepiou-me:

O my soul! Where art thou, my soul...!

Relanceei um olhar e vi o branco vulto de James perto do caramanchão, os braços levantados para o céu, em súplica e, de rojo à borda de um canteiro, como uma ruína, Miss Fanny chorava.

---

5. Esta linha se refere à ópera *Lohengrin* de Richard Wagner, estreada em 1850. A história é de um misterioso cavaleiro que chega para ajudar uma nobre senhora. Ele se casa com ela, mas a proíbe de pedir sua origem; ela mais tarde esquece esta promessa, e ele a deixa, para nunca mais voltar. A não-revelação de sua nobreza é sua garantia de que ele será admirado por suas qualidades e não sua condição.

II

Uma manhã, em alvoroço alvissareiro, Alfredo entrou-me pelo quarto muito risonho e, ainda à porta, arquejando, anunciou que o inglês ia almoçar embaixo, conosco. Fora ele quem levara o recado. Miss Barkley ficara comovida: cobrira a mesa de flores, fizera subir do jardim tinas de plantas e andava a rondar o cozinheiro, combinando pratos, recomendando o tempero das carnes e a frescura dos ovos e da alface para que soubessem bem ao homem difícil. Duas garrafas de champanhe esfriavam na geladeira e aquele suor que o alagava, empastando-lhe o cabelo, era da corrida em que fora ao largo do Machado, procurar costeletas de carneiro e frutas para a sobremesa.

— Mas então...à mesa comum? — indaguei com interesse e incredulidade, e Alfredo, com a vassoura e um pano debaixo do braço, afirmou:

— Sim, senhor. E já lá está, desde cedo, à varanda, com um livro.

Que pena não ser domingo para que todos gozassem a surpresa. Como haviam de sentir, ao saberem o grande caso, Basílio, Péricles, Brandt, Penalva, Crispim e os dois inseparáveis irmãos. E Miss Fanny, coitada! Lá andava a tagarelar com as crianças, de casa em casa, a desenhar paisagens, a zaragalhar sonatinas com o pensamento nele, esperando ansiosamente a noite.

Só o velho Bernaz e eu íamos ter a incomparável fortuna de ver o divino mancebo trincar a febra, beber o vinho, chuchurrear as uvas, sorver o café, talvez ouvi-lo, gozar o som da sua voz.

Desci ao primeiro toque da campainha, que o copeiro badalava num furor de alarme, e logo notei as grandes modificações da sala: mais alegre com o viço das palmeiras, com a cor viva das rosas ainda orvalhadas, com o brilho cerúleo dos cristais e, ao centro da mesa, resplandecendo, atufada de flores, uma barca de prata entre tritões festivos.

Miss Barkley, esgalgada e hirta, com os lustrosos bandós em placas, ia e vinha, lesta e silenciosa, e os seus óculos faiscavam atentos e os seus dedos ágeis incessantemente arranjavam, dispunham, alinhavam — aqui, um guardanapo, ali, um talher, adiante, uma flor.

Sobre a toalha bordada estendiam-se panos entremeados de seda e ouro, numa riqueza de festim. No bufê alinhavam-se garrafas, e a geleira de cristal com a pinça em garras.

James, na varanda, de costume de flanela às listas, repoltreado numa cadeira de vime, lia uma brochura.

Passei por ele indiferente e encaminhava-me para a escada, admirando a pureza do céu azul e o brilho das palmeiras, ao sol, quando o senti levantar-se e seguir-me; por fim chamou-me polidamente. Ao voltar-me, já o achei de mão estendida e o seu lindo rosto, de uma cútis alva e fina como o jaspe, sob a qual um sangue moço transparecia em rosas, era encantador com o sorriso que o revestia.

O nosso aperto de mão foi verdadeiramente afetuoso.

Fitamo-nos um momento, enleados, sem dizer palavra: ele corava, eu sentia-me empalidecer e, como a surpresa me detivesse no patamar da escada, ele inclinou-se gentil e, com aceno gracioso, convidou-me a descer, cedendo-me o primeiro passo.

Juntos, como amigos íntimos, passamos ao jardim onde a cascatinha (outra gentileza de Miss Barkley) jorrava com abundância.

O jardineiro, que tosava a grama dos canteiros, balanceando o corpo em ritmo, ao jogo do alfanje, estacou súbito, pasmado e, tirando humildemente o chapéu, ficou a olhar-nos, com o cigarro pendido ao canto da boca.

Nem me passou despercebida a calva do comendador luzindo por entre as folhas entreabertas de uma janela, a seguir-nos com assombrada curiosidade, no trajeto que fazíamos, devagar, conversando, por entre as roseiras taladas.

Cigarras cantavam alacremente, borboletas esvoaçavam, pousavam nas hastes trêmulas e o sol, rutilando na areia, amolecia languidamente a folhagem num quebranto de fadiga voluptuosa.

E James, com a sua voz macia, acariciante, perguntou-me: "Se eu lhe podia traduzir do inglês um escrito, espécie de novela...Uma extravagancia...?"

— Pois não. — Tomou-me o braço e eu, cada vez mais aturdido, tremendo como se fosse arrastado por um assassino em viela escusa, longe de todo o socorro, estava intimamente encantado com a proposta que me deixava no limiar do arcano, ligando-me, pela inteligência, àquele estranho homem, cuja beleza era um mistério, maior, talvez, do que as suas excentricidades.

— Tenho o manuscrito. A letra é desigual, nem sempre clara, mas como os nossos aposentos são contíguos, qualquer dúvida, não é verdade?...Não faço questão de preço.

— Preço? Como preço?

— Naturalmente. O trabalho é difícil, muito difícil.

— Não, mister...Não costumo traduzir. Nunca traduzi, se faço exceção é por simpatia, sem outro interesse.

— Oh! Não...não...! O trabalho é difícil, muito difícil.

— Tanto melhor, ganharei com isso apurando-me no inglês.

— Ó...! O meu inglês...

— É então uma novela?

Ele parou transfigurado, a boca semiaberta, fitando em mim os grandes olhos tristes e, depois de um momento, disse em tom vago, sutil, como em confidencia de amor:

— É...a minha...novela.

Um arrepio percorreu-me a espinha. Em voz surda e trêmula perguntei:

— Deve ser linda! — Corou, deu de ombros, remordendo os lábios e, como se lhe faltasse o ar, sacudiu ansiosamente a cabeça, que parecia de ouro, ao sol.

— Pois estou às suas ordens.

— Quando quer começar?

— Quando quiser.

— Amanhã...?

— Sim, amanhã.

— É muito difícil! — repetiu cabisbaixo. — Muito difícil!...O terceiro toque de campainha fez-nos voltar. Miss Barkley, debruçada à varanda, alongava os olhos pelo jardim e, quando nos viu aparecer, deu largas à surpresa:

— Oh! Não sabia que se conheciam.

— Sim, Miss...pois não, uma noite...O velho Bernaz, que vestira a sobrecasaca, arrugava o rosto em esgares, às picadas dos calos e não perdi o olhar de ódio que me lançou, como a um traidor, vendo-me com o inglês.

James inclinou-se diante dele, obtendo apenas, em

resposta, um resmungo mal-humorado. E sentamo-nos à mesa que trescalava.

James, achavascando o português, gabou as flores com exaltação, e, amável, ofereceu rosas a Miss Barkley, que as espetou no corpete; a mim, que a arranjei na botoeira. O comendador deixou a que lhe coube, uma admirável Vermerol, sobre a toalha. James tomou para si uma Paul Neyron.

O almoço correu alegre. Miss Barkley galrava expansiva. O criado serviu o champanhe, mas quando chegou com a garrafa ao comendador, o homem inflexível espalmou a mão papuda sobre a taça, recusando.

— Não bebe? — perguntou James. E o velho, sem levantar a cabeça, roncou:

— Água. — E pediu a quartinha. Mas ao café desemperrou num francês rascante e avariado, falando da beleza radiante do dia, das cigarras, do calor e, a propósito das uvas insípidas, lembrou o seu Douro abundante.

— Aquilo sim, uvas ali! — James devia saber por que os vinhos das melhores cepas portuguesas envelhecem nas vastas adegas de Londres.

— Oh! sim...o Porto...

— O Porto e os outros, os bons. Em Portugal só fica o carrascão.

Deixamos a mesa às duas da tarde, amolecidos e, como James passasse à varanda com Miss Barkley, o comendador, avançando em pontas de pés, cruzou os braços diante de mim e, pandeando o ventre, perguntou com um grande beiço úmido e os olhos muito brejeiros:

— Mas que me diz o senhor a isto? Explique-me esta coisa...

— O homem humanizou-se, comendador.

— Chegou-se ao rego, eu não lhe dizia? — E, agarrado ao meu braço, em segredo: — E olhe que é mesmo simpático. Hoje é que reparei. Cara de mulher, vocês têm razão. Cara de mulher e bonita! Se Miss Fanny a apanhasse, hein? dava uma perna ao diabo. — E cascalhou um risinho trocista.

O jantar, nesse dia, apesar da redobrada atividade de Miss Barkley, que não descansou um segundo, aligeirando os criados, só foi servido às sete horas, ao fulgor desusado de todos os bicos de gás.

Na sala, a que a mesa mais estendida e mais rica dava solene aspecto entre o brilho luminoso dos espelhos do bufê e dos trinchantes, por vezes, ao lufar da aragem que agitava as palmas das arecas e das latanias, havia murmúrios leves de silvas.

Os hóspedes, informados do grande acontecimento do almoço, zumbiam cochichos, passeando ao longo da varanda.

Décio, que aparecera ruidoso, numa grande ânsia de arte, apelando para o "estupendo" Frederico, evocador das melodias trácias, esfuziava comentários sobre James, o Apolo bretão que, enfastiado do lânguido Olimpo e da insípida ambrosia, descera a confraternizar com os mortais, comendo à mesa, com apetite humano, o ensopado de vaca e as folhas das hortas.

Péricles, desolado, lamentava achar-se desprevenido de chapas, senão perpetuaria em um instantâneo a entrada de James.

— E se cantássemos o *God save the king!*? — lembrou Décio.

Mas Penalva adiantou-se.

— Nada de troças com esse homem. É terrível!

— Quem? — perguntou Basílio em tom de desprezo.

— Quem? James Marian. Conhecem o Felix Alvear? É um colosso.

Todos concordaram.

— Um monstro! — acrescentou Décio, arregalando os olhos.

— Pois no domingo, depois do jogo, no Fluminense,[6] só porque o Felix fez menção de beijá-lo, chamando-lhe Miss, ele meteu-lhe as mãos ao peito e, como o outro investisse, atirou-lhe um murro pondo-lhe a cara em sangue. O engraçado é que depois teve uma síncope.

---

6. O Fluminense é o mais antigo clube de futebol do Rio de Janeiro. Está sediado no bairro de Laranjeiras desde sua fundação, em 1902.

— Maricas!... — achincalhou Basílio. — É que não havia um que entendesse da coisa. Isso não vai a muque. Calça-se o freguês ou manda-se-lhe a cabeça aos queixos. É um instante. Ele que se meta comigo.

— E o senhor...? — e Décio espalhou-se em gestos capoeiristas.

— Entendo, entendo um pouco; defendo-me. Fui homem! Hoje, cansado...Ainda assim não é qualquer que me torna a frente.

Quando Crispim apareceu, muito tímido, com um risinho vexado, abotoando o paletó de alpaca, Basílio murmurou: "Aí vem o espinafre!" Todos riram à socapa, dispersando-se, e o estudante, muito magro, sardento, com o pince-nez montado no nariz em pico, os cabelos arrepelados, passou em silêncio, esfregando as mãos e, hesitando entre os hóspedes, acercou-se de Carlos, falando-lhe baixinho, em sussurro, sobre a beleza do ocaso e o perfume que subia do jardim onde a água do esguicho rufiava sobre as folhagens.

O comendador, de sobrecasaca, chegou à porta e inclinou-se, acenando a todos com a mão aberta.

— Boa tarde, comendador.
— Calorzinho, hein?
— Horrível!

Mas Miss Fanny, subindo do jardim, de branco, com uma orquídea no corpete, fez cessar o murmúrio. Abriram alas e ela passou ligeira, agradecida e corada. Soou o terceiro toque e Miss Barkley apareceu muito tesa e, docemente, com um olhar a todos, convidou:

— Vamos? — Mas hesitaram.

— E Mister James? — perguntou o comendador.

Miss Barkley sorriu, deu de ombros:

— Está incomodado. Foi um desapontamento. Basílio murmurou: "Está bêbedo."

Entraram em silêncio, sentaram-se e o criado começava a servir a sopa, quando Miss Fanny, acenando de cabeça para um e outro lado, levantou-se, abafando a boca com o lenço. O guarda-livros olhava-a de esguelha e, quando ela desapareceu no corredor, rosnou para o Décio:

— Tisica, meu amigo. Está pronta. Este ano cantará *Christmas* debaixo da terra. Voz horrível! Também…é uma careta de menos. Ao peixe, a professora reapareceu sem a orquídea e mais pálida. Sentou-se acanhada. Volta e meia arfava num estuo ansiado do colo, levando o lenço à boca.

E o jantar correu frio. Além do tinir dos talheres, nada mais quebrava o pesado silêncio. Ninguém se atrevia a atacar um assunto: a palestra era sussurrada, em segredo tímido, entre dois. Às vezes um sorriso percorria a mesa. O próprio Basílio, sempre a rilhar sarcasmo, devorava calado, com um chapinhar de mandíbulas vorazes.

De repente, num arranque, afastando violentamente a cadeira, Décio pôs-se de pé, os braços estendidos para fora, em atitude de adoração e de enlevo. Todos, num espanto mudo, seguiram-lhe o olhar deslumbrado. O clarão da lua descia docemente cobrindo as árvores de uma névoa de prata, assoalhando de alvo a varanda, entrando à sala. Uma das palmeirinhas, à porta, reluzia, e Décio, de olhos fitos, saudou em arroubo:

— "Ó Rabbetna...Baalet!...Tanit!...Anaitis!...Astarté! Dercetto! Astoreth! Mylitta! Athara! Elissa! Tiratha! Pelos símbolos ocultos, pelos sistros ressoantes, pelos sulcos da terra, pelo eterno silêncio, e pela eterna fecundidade, dominadora do mar tefnebroso e das plagas azuladas, ó Rainha das coisas úmidas, salve."[7] E, um momento ainda, manteve a atitude contemplativa; por fim, sentando-se e servindo-se de assado, exclamou:

— Maravilhoso!

Riram. Miss Barkley meneou a cabeça condescendente.

— Isto é teu? — perguntou Penalva.

— Meu?! — e os olhos vivos do Décio, cravados no colega, lampejavam. — Ó bárbaro! Pois não sentes o gênio? Isto é do divino Flaubert. É a invocação de Salammbô. E, voltado para a noite quieta e branca, de um calor macio e

---

7. A frase de Décio é de *Salammbô*, um romance de Gustave Flaubert (1821–80), publicado em 1862, cujo enredo reconstitui a vida na antiga Cartago. As linhas são do capítulo 3.

tocada do aroma das magnólias, erguendo o copo a toda a extensão do braço, exclamou: — Gelo!

— Grande memória! — gabou o comendador.

— Extraordinária! — confirmou Penalva. — Recita páginas e páginas. Versos, então...sabe volumes inteiros de cor. Baudelaire, por exemplo...é só pedir por boca.

— Nem tanto, meu caro — contrariou, com modéstia, o estudante — sei uma ou outra poesia. — Mas logo, exaltado: — Também quem não decorar Baudelaire, não sente, não tem alma.

— Perdão, meu amigo — atalhou o comendador espalmando a mão —, sou uma criatura como o senhor, quero dizer: tenho alma, a prova é que sou cristão e aqui lhe digo: em coisas de memória sou uma pedra.

Basílio sorriu ferino e, rolando bolas de pão, perguntou sem levantar a cabeça:

— E números, comendador? Cifras...?

— Sim, isso vá; pela prática. Mas no colégio...A história, por exemplo. Nunca pude com aquilo: misturava os reis, fazia uma confusão dos diabos. Perdi-me nas cruzadas.

— Mas achou-se com os cruzados[8] — perpetrou Basílio, esfregando os dedos. A gargalhada explodiu irre-

---

8. Nome dado à série de moedas brasileiras que circularam no século dezenove. A semelhança na ortografia e na pronúncia, tanto no inglês como no português, permite um certo jogo de palavras.

sistível e o comendador, com um risinho amarelo, enrolando o guardanapo, engrolou uma resposta que se perdeu. Miss Fanny dirigiu-se a Décio, apartando de leve as rosas de um vaso que, o encobriam.

— E de Tennyson? Sabe alguma coisa, doutor?

— Ah! Miss...infelizmente... — e meneou com a cabeça em negativa. — De inglês só conheço o bolo.

— Oh! Tennyson... — exclamou a professora, de olhos em alvo.

— Tennyson!... — repetiu Miss Barkley enlevada e, levantando-se, propôs o café na varanda, ao luar. Estava uma noite divina.

— Admirável — e saíram. A palestra, ainda que interessante e agradável, sob o encanto da noite que refrescara, não me atraía. Riam e eu, com o pensamento longe, supunha-me, às vezes, atingido por alguma alusão e desconfiava, sopitando revoltas. Péricles notou o meu alheamento e, atirando-me uma palmada à coxa, disse:

— Estás preocupado, homem.

— Distraído...Debalde o Décio recitava com a sua voz cadente, fiel ao ritmo, afinando as rimas, pondo em realce as imagens; debalde o seu espírito transbordava em facécias troçando a literatice, expondo o ridículo da elegância xacoca, comentando o mimetismo fútil do indígena, as cavilhas da moda metidas à força de insistente malhar precioso nos hábitos simplórios da nossa vida. Riam-se. Eu só mantinha-me indiferente. É que pensava no manuscrito que me fora prometido e que eu contara achar, à volta da cidade, sobre a minha mesa para enveredar por ele, procurando na trama dos períodos um rastro que me levasse ao mistério daquela alma indecifrável e, talvez, quem sabe, às ideias daquela cabeça feminina implantada disparatadamente num corpo másculo, fazendo pensar em robusto jequitibá cujas franças fossem um roseiral.

Quando Brandt, erguendo-se com desafogado resfolego, convidou-me para o chalé, recusei alegando "mau estar".

— A música é um bálsamo. Lembra-te de Saul — disse Penalva. E Décio acrescentou seduzindo-me:

— E hoje vamos ter a Invocação de Eurídice.[9] Resistes?

— Estou doente.

— Vais deitar-te?

— Talvez.

— É monstruoso! Com uma noite destas chega a ser infâmia!

— Sinto-me mal.

— Pois vai, alaparda-te! E que os pesadelos te persigam.

---

9. Eurídice era uma personagem da mitologia grega e a esposa de Orfeu. A canção citada é do Ato I da ópera *Orfeu* (*Orpheus*) de Claudio Monteverdi (1567–1643), estreada em 1607.

E o grupo desceu tumultuoso e alegre e foi-se pelo jardim, ao som da voz do Décio que declarnava, entre as acácias douradas:

Ce ne seront jámais ces beautés de vignettes. Produits avariés, nés d'un siècle vaurien...[10]

Basílio espichou as pernas, bufando:

— Agora sim, podemos gozar a noite.

Crispim e os irmãos Carlos e Eduardo desceram: o primeiro, para os livros; os dois outros para o passeio que faziam, todas as noites, ao longo da Avenida, até Botafogo. O comendador repimpado, as mãos cruzadas no ventre, rolava os dedos. As duas Miss sussurravam à balaustrada. Um bico de gás apenas iluminava a sala.

Péricles abordou a política e logo começaram as lamentações e os augúrios funestos e, à serenidade do luar, enquanto as flores exalavam, a Pátria, desagregada dos seus fundamentos, rolou, esfarelando-se nos boatos, como em arestas agudas, aviltada, insolvável, desaparecendo, em ruínas, num abismo sem fundo, que era a goela do inglês. Despedi-me entediado.

---

10. As duas primeiras linhas do poema *Fleurs du mal* (*Flores do mal*), do poeta francês Charles Baudelaire (1821–67): "Estas nunca serão as belezas das vinhetas. / Produtos estragados, nascidos de um século malandro."

Quando entrei na minha saleta, toda esteirada de luar, o coração bateu-me de chofre, em esbarro pressago. Voltei-me, relanceando os olhos pelo interior deserto. Os sons do piano de Brandt chegavam-me suavizados pela distância. Risquei um fósforo, acendi o gás, matando a luz astral e fiquei parado diante da mesa, absorto, esquecido de tudo.

E por que não havia eu de dirigir-me a James? O meu retraimento não tinha mais razão de ser depois da manhã que passáramos juntos, em intimidade quase confidencial. Atrevi-me e, saindo resolutamente ao corredor, caminhei direito à porta do salão.

Estava entreaberta e o vasto aposento, em silêncio, sem outra luz senão a do luar, pareceu-me funéreo.

O impulso de ânimo que me levara até ali afrouxou em covardia. Ainda assim relutei contra a timidez pusilânime que me arrancava para os meus cômodos tão nus, tão tristes sem aquelas prometidas páginas que eu almejava e para as quais tendiam, numa atração misteriosa, todas as energias de minha alma.

De leve impeli a porta. Um estalo seco detonou. Recuei crispado, sob a impressão de arrepio; mas insisti. A porta cedeu, abrindo-se sobre o salão pálido ao luar que vinha do terraço. O ar chegava-me em lufadas e esfuziava pelo corredor. Bati as palmas, a princípio tímido, fracamente, depois mais forte e parecia-me que a casa estrondava em ecos retumbantes.

Um vulto branco surgiu como uma condensação do luar. Adiantou-se em vagarosos passos teatrais e, junto à mesa do centro, deteve-se cabisbaixo, enclavinhando as mãos. Súbito, lançando violentamente os braços para a altura, derrubando a cabeça para trás, meneou-a em desesperado gesto, repetindo, em voz cava, a exclamação que, uma noite, eu ouvira no jardim: *O my soul! Where art thou, my soul!* Reconheci James. Bati mais rijo. Ele voltou-se de ímpeto, arremetendo à porta. Então adiantei-me e o moço, como surpreendido em ato indigno, retraiu-se, encolheu-se refugido para um canto onde quedou, estarrecido e mudo, os braços rijamente estendidos em repulsa.

Chamei-o uma vez, duas vezes: "Mister James! Mister James!" Então, reconhecendo-me a voz, veio radiante, as mãos amigamente abertas, acolhendo-me com efusão carinhosa. Na claridade o seu rosto enigmático alvejava marmóreo.

Passou-me o braço pelos ombros. Um aroma fino exalava-se-lhe do corpo e seu hálito, que me bafejava o rosto, era tépido e cheirava. Acariciando-me com blandícias de amante, conduziu-me ao terraço e ali, entre as plantas, ao pleno ar, sentámo-nos.

De novo tomou-me as mãos — as suas gelavam — e fitou-me de perto, com os olhos terebrantes de quem procura extorquir um segredo. Docemente, porém, abriu-se-lhe no rosto um sorriso...Um sorriso...por que não hei de fixar a minha impressão? Enamorado. E eu tive, então, a certeza, a dolorosa, a pungente certeza de que a alma daquele homem, que resplandecia em formosura, era...para que dizer? Falei-lhe da novela. Ergueu-se de golpe, em sobressalto, e, lesto, passou ao salão, acendeu o gás, todos os bicos do lustre, e desapareceu no quarto, cuja entrada era dissimulada por um pesado reposteiro de seda cor de pérola, igual aos das portas que abriam para o terraço.

Demorou-se o bastante para que eu pudesse examinar o salão mobilado com riqueza e gosto, ainda que extravagante.

Um grupo Luiz XV, de brocado amarelo, compunha um dos cantos, sob o recato de um claro biombo, todo florido de lilases. No ângulo oposto era a molícia oriental: sobre um tapete de Caramânia, flácidos coxins, tamboretes côncavos, otomanas convidando a espreguiçamentos voluptuosos. Duas amplas cadeiras de ébano entalhado em flores e laçadias, com o dorsal feito pela cauda aberta de um pavão, cuja plumagem era um marchetado primoroso, ofereciam o deleite de acolchoados de damasco sanguíneo, escanos, que cediam à mais leve pressão, davam agasalho aos pés em alfombra de veludo. E, num ripanço, com almofadas de cetim, coberto por um estrágulo cor de ouro, espalhavam-se revistas e ainda rolavam em desordem sobre branca pele de urso que se lhe estirava aos pés.

Duas caçoulas, em trípodes, exalavam aroma de pivetes.

E nua, airosa, sobre uma coluna de ônix, flexível bavadera de mármore, de olhos entrefechados, sorrindo, com o busto em curva, as pomas rijas em riste, arqueava os braços acima da cabeça tangendo um sistro, o pequenino pé mal plantado no solo, ensaiando o passo leve de um bailado lânguido.

Dois consoles altos, dourados, com tremós em largas molduras em que sorriam, por entre folhas, cabecinhas encaracoladas de anjos e ao centro, sob o lustre de bronze, a mesa antiga, de colunas torsas, à volta da qual vastas e gordas poltronas de marroquim cor de vinho abriam maciezas sensuais de colos.

Flores em profusão. Havia-as em vasos, esquecidas pelas cadeiras, morrendo sobre os consoles e os pés calcavam frouxos ramalhetes murchas, rosas secas, elásticas como de pano.

Sobre a mesa, um ancho e grosso volume encapado em couro atraiu a minha curiosidade aguçada. Abri-o.

As folhas, em velho, encardido pergaminho, crepitavam, ringiam como lâminas de estanho. No frontispício, dois lírios prendiam-se à mesma haste — um ereto, em campânula estrelada, outro márcido, pendido em langor, e encimava-os um coração gotejante varado por uma frecha.

Virei a folha e apareceu o texto em arabescos bizarros, de formas irregulares e combinações complicadas: discos e sigmoidais, bastonetes cuneiformes atravessando ou ladeando gregas, hemiciclos em feitio de crescente, curvados sobre a linha trêmula que, entre os egípcios, era o símbolo da água, pontos, astilhas, aspas e volutas. Por vezes, perfis truncados de homens, de animais, de objetos — um ideograma complexo, vasto enigma de arcano ou fantasia mórbida.

Ainda eu folheava o esquisito volume, quando James apareceu sobraçando uma pasta de couro. Surpreendendo-me, porém, no curioso exame, precipitou-se e trêmulo, com voz que tremia, perguntou espalmando a mão sobre a página aberta:

— Entende? Conhece...?

— Não. Que é? — perguntei contando com a explicação. James ficou em silêncio, de olhos fitos no livro. Por fim disse com desalentada expressão:

— Ninguém sabe! Debalde, por isto, experimentei todos os climas da terra vasta. Durante seis anos, com a esperança de resolver tais grifos, percorri os lugares em que ainda subsiste, em espíritos profundos, a ciência dos deuses. Visitei os templos obscuros que a terra começa a devorar, entrei aos bosques em que jazem, como enraizados, com a erva brava a crescer-lhes em torno, víboras na grenha basta e parasitas em flor nos ombros ressequidos, os yogis e os sadhús[11] paralisados em êxtase. Subi, por veredas escabrosas, as escarpadas montanhas frias em que os mahatmas[12] atravessam séculos inconscientes, numa existência em que as horas não entram. Falei, em cavernas, a solitários mais velhos do que as florestas...e todos despediram-me sem esperança. Na Europa compulsaram este volume Rawlinson, Ebers, Oppert, Maspero, Erman e tantos, tantos outros! Alguns sorriam tomando-me por doido, outros repeliam-me ofendidos julgando-me um mistificador. Gastei milhares de libras...Debalde! E daria quanto possuo, daria uma gota de sangue por palavra a quem as fosse arrancando destes símbolos que me torturam.

— E onde achou este livro?

— Onde? A meu lado, na vida.

— Quem o compôs?

— Arhat. — Pronunciando tal nome estremeceu como a um choque e atirou a pasta sobre a mesa, pondo-se a caminhar agitado, arrepelando-se. Ainda exalou: — Ninguém sabe! Mas logo, serenando, sorriu, posto que a tristeza lhe toldasse o sorriso, dizendo em tranquilas palavras: — E quem sabe a história da sua alma? Quem?! Todos possuem um livro como este — visível ou invisível,

---

11. No hinduísmo, é um termo comum para designar um asceta mendicante.
12. Mahatma é uma adaptação da palavra sânscrita *mahātman*, que literalmente significava "alma-grande". Pode se referir a qualquer grande pessoa; na Índia, é usado como um título de amor e respeito.

não é verdade? A vida é assim: temo-la sob os olhos e não a deciframos...e ela devora- nos. É a esfinge. Volte uma página deste livro para diante — é o amanhã, mistério da vida. Folheie-o para trás, ainda mistério! o passado, a morte. O presente, que é? Uma retouça em que nos balançamos entre a saudade e a esperança. É assim. De que vale saber? Feche o volume...ou deixe-o aberto. Em sono ou em vigília a vida é sempre indecifrável.

Mas feche-o. Assim é como um abismo a que se não vê o fundo. Dá a vertigem. Feche-o! A noite está linda! — e encaminhou-se para o terraço.

Interpelei-o sobre a novela.

— Está ali naquela pasta. Pode levá-la. Falta-lhe o final.

— Não a concluiu?

Empalideceu e, repentinamente, como se achasse ao alcance do lustre, fechou todos os bicos. E o luar, de novo, alastrou a sua claridade espiritual. Travando-me, então, do braço aconchegou-se a mim, lançando em torno um olhar pávido. Eu sentia-lhe a respiração ofegante e o bater do coração precipite.

As altas palmeiras da rua rebrilhavam, meneando as folhas num mover brando e sussurrante; gente passava, por vezes carros. Sons de piano vinham de longe, ora vagos, ora vibrando nítidos. James ouvia. De repente, afastando-se no seu anelar pensativo, a largas passadas, repetiu: — O final...! Tel-o-á em breve. Tenho hesitado muito, mas é preciso acabar. Talvez hoje. A noite está linda — e cravou os olhos no céu. — Talvez hoje! — Debruçou-se ao parapeito, mostrando-me um vulto branco perto do caramanchão. Reconheci a professora.

— Miss Fanny. — Ele confirmou de cabeça, com enigmático sorriso, e murmurou:

— Cativa...

— Quem? Limitou-se a apontar a inglesa. Ficou um momento em silêncio, depois, em palavras vagarosas, como se as engastasse mentalmente em ritmo melancólico, devaneou:

— Imagine uma leoa levada para o deserto em uma jaula a que, só com o roçar de seu corpo, se fossem quebrando os varões de ferro; fugiria para o seu antro atraída pelo aroma resinoso da selva e pelo rugido dos leões heroicos?

— Sem dúvida.

— Não.

— Como?

— Faria o contrário: reforçaria a jaula com o próprio corpo, fecharia os olhos para não ver o deserto, far-se-ia surda às vozes sedutoras, deixar-se-ia morrer contendo a respiração para não sentir o almíscar e o cheiro acre das florestas. Faria assim...se fosse virtuosa.

Miss Fanny saía do caramanchão. Parou um instante, pensando, colheu uma flor e seguiu lentamente em direção à aleia das acácias. James murmurou: — Pobre leoa!

Notando, porém, o meu espanto, explicou, sem voltar-se, sempre debruçado ao parapeito e com o mesmo vagar:

— Arhat servia-se do símbolo como expressão do mistério. O que se não pode dizer ou representar, figura-se. A cor é um símbolo para os olhos, o som é um símbolo para os ouvidos, o aroma é um símbolo para o olfato, a resistência é um símbolo para o tato. A própria vida é um símbolo. A verdade, quem a conhece? A chave dos símbolos abriria a porta de ouro da Ciência, da verdadeira e única Ciência, que é o conhecimento da causa.

Não falava para mim, mas para a noite, lançando as palavras como se fossem pétalas, e ele, lentamente, as espalhasse no ar.

Ainda que a mais e mais se afinasse em meu espírito a convicção de que falava a um louco, interessava-me aquele discorrer extravagante que me tirava da ordem, lançando-me na fantasia desvairada dos degenerados — floresta híspida, sombria, desafogando-se aqui, ali em clareiras luminosas onde os predestinados falquejam e pulem as árvores do sonho com que fazem as liras da Poesia, os ídolos e os altares das Religiões.

— É de Londres?

— De Londres? — deu de ombros. — Não sei. Criei-me perto de Londres. Nunca me disseram onde nasci.

— E seus pais?

— Não sei. Nunca os vi. Mãe...Que doce palavra! Acostumei-me a trazê-la na boca como alguma coisa que me iludia a sede de amor. Vivi do perfume de uma flor desconhecida, compreende? — Sentou-se e, cabisbaixo, as mãos pendidas entre os joelhos, o busto inclinado, continuou: — O senhor vem direito ao meu coração com um talismã de Bondade. É capaz de penetrá-lo.

— E não confia em mim? Acredite...Atalhou-me com um gesto:

— Se não confiasse não o teria recebido. E sabe por que confio? porque é um concentrado e sonha. Há duas espécies de homens que vivem sós — o egoísta e o pensador: o primeiro retrai-se como o polvo — chamando a si todo o bem: o segundo isola-se para contemplar. Um tranca-se na sombra, outro procura o reflexo: é como o que se assenta à beira de um lago vendo nas águas as imagens do céu e da terra e a sua própria. Os isolados são, em geral, ingênuos e bons: como não dispersam confiança, não colhem desilusões. Que faz o senhor? Vive consigo, e é muito. Quem se entrega de todo ao mundo, esquece o seu próprio ser.

— Conheci os homens e neles achei o tigre, o cão, a raposa e a víbora: o cruel, o adulador, o trapaceiro e o ingrato. O senhor é dos que ouvem no silêncio e veem na treva. Pensa que não o tenho visto a horas altas da noite, à janela? Que faz? Sonha. O sonho é a fecundidade, é como o pólen das flores — voa, mas não se perde. Não é possível que os germens das anteras tenham mais energia vital do que o pensamento e os germens voam no espaço, cruzam-se no ar livre e fecundam. Demais, o senhor fala o inglês, compreende-me. Além das senhoras, o único com quem posso comunicar. Lembra-se do nosso primeiro encontro?

— Sim, lembro-me.

— Eu saía de uma crise, da "aura", e o senhor acompanhou-me, alentou-me. Devo-lhe esta bondade. Os mais...

— Não tem razão, Mister James. Se os outros o não procuram é porque o veem retraído. Todos aqui o estimam...

— A mim?! Estimam-me...? Por quê? Que lhes fiz eu? Têm curiosidade de mim, é o que o senhor quer dizer. Querem devassar-me, ver o que tenho na alma. Sempre evitei a amizade para não sofrer: se a encontrasse verdadeira, poderia perdê-la e seria um desgraçado se me traíssem... não sei. Tive um protetor, Arhat. Vivi em sua companhia e ele velou por mim. Não era de amor que me cercava, mas de cuidados: eu era feitura sua, obra do seu saber. Tinha grande zelo por mim, sempre atento à minha saúde, às minhas tristezas, medicando-me, defendendo-me de todo o mal para que eu resistisse. Eu era para ele como um objeto delicado que se conserva em vitrina. Amor não havia. Que fez por mim? Deu-me a vida, educou-me e instituiu- me herdeiro da fortuna que dissipo. Eu dormia e ele despertou-me...e ando agora como estremunhado, só desejoso de voltar ao sono. Dê-me a sua mão. — Cedi e ele levou-a ao pescoço, volteando-o com ela, ao rés dos ombros, fazendo-me sentir a carne macia e fria que os meus dedos premiam. Deteve-me num sulco e, seguindo por ele, fui sentindo o relevo de uma larga sutura, como a erupção de urticaria.

— Sente? — E manteve a minha mão, forçando-a.

— Sim.

— Que lhe parece? — Hesitei na resposta e ele adiantou-se: — Vestígio de decapitação, não é verdade? — Estremeci àquele dizer trágico. — É o colar da morte, a gargalheira que me prendeu a vida. Sinta! Sinta! — E, tombando a cabeça, andou com a minha mão em torno do pescoço recalcando-a, e eu sentia aquela espécie de eritrema, em erosões e ressaltos, dando-me um arrepio frenético em que havia repugnância.

Súbito, repelindo-me a mão, levantou-se.

Uma gargalhada estridente atroou o jardim e logo em seguida a voz do Décio:

— Admirável! — E o estudante apareceu, parou junto do caramanchão, atirou um beijo à noite e, enlevado, decantou a lua nos versos sugestivos de Raimundo Correia:[13]

---

13. Raimundo Correia (1859-1911) foi um poeta, juiz e magistrado brasileiro da Parnésia. Ao lado de Alberto de Oliveira e Olavo Bilac, ele foi membro da "Tríade Parnasoense". Fundou e ocupou a 5ª cadeira da Academia Brasileira de Letras de 1897 até sua morte.

Astro dos loucos, sol da demência,
Vaga, noctâmbula aparição!
Quantos, bebendo-te a refulgência,
Quantos por isso, sol da demência,
Lua dos loucos, loucos estão!

— Vou sair! — disse James abruptamente.
— Agora?
— Vou. Pode levar a pasta, pode levar o volume. Boa noite! — E, impondo-me a mão ao ombro, impeliu-me docemente. Tomei a pasta e o grosso volume e sai.
— Boa noite! — Não respondeu. A casa dormia.

Acendi o gás da minha saleta e, sorrindo à lembrança daquela despedida imperiosa e brusca, sentei-me à mesa, desatando as fitas que fechavam a pasta. Estava repleta de folhas de papel Whatman.

Logo à primeira, tive a impressão da desordem daquele espírito — respingada de tinta, cheia de rasuras, de traços inutilizando parágrafos inteiros, era escrita, ora em letra miúda e fina, direita, hirta na pauta, ora em caracteres enormes, confusos, passando, por vezes, por cima de borrões e derreados, pendidos como as searas a um grande vento.

III

Nessa mesma noite li, ou melhor, desentulhei todo o primeiro capítulo da "novela" com vagarosa paciência e trabalho mais árduo do que o dos cavadores de ruínas que revolvem o duro solo betuminoso e empedrado das cidades mortas fossando-os à cata de antigualhas.

Além da interpretação das garatujas que me tomava o tempo, do lento e difícil deslindar das emendas embaraçadas em tramas de rabiscos, as chamadas eram tantas e tão seguidas, que a página toda, reticulada de riscos sinuosos, quebrando-se em ziguezagues por entre as linhas irregulares da escrita, era uma teia intrincada e os olhos fatigavam-se seguindo aqueles traços que iam ter às margens prendendo-se à palavra ou frase preferida como a uma meada de onde partissem em desenrolados fios.

E ainda, criando maior confusão, por vezes as letras encaracolavam-se em espirais ou embrulhavam-se em tantos arrebiques que perdiam, de todo, o caráter morfológico, tornando-se necessário adivinhá-las.

Figurinhas, paisagens lineares interpunham-se aos termos como distrações infantis. Frases completavam-se por emblemas, à maneira de enigmas e, não raro, largos borrões de tinta afogavam palavras truncando orações, abrindo verdadeiros abismos nos períodos.

Ainda assim levei a termo o trabalho, não sem levantar-me muitas vezes alquebrado e verdadeiramente aturdido com o que ia penosamente desentranhando daquele muradal de ideias.

A aragem refrescava e uma doce claridade ia lavando o espaço, descobrindo as árvores empastadas na sombra e as cigarras alegres cantaram em coro a "alba" festiva.

Voos de pássaros e de borboletas anunciaram a madrugada e o sol, ainda frio, lançou as primeiras púrpuras. O gás tornava-se lívido! Apaguei-o.

Debrucei-me à janela. O jardineiro, sentado à borda de um canteiro, esfiava amarras para as plantas e a rua, em burburinho, acordava com o rumor de carroças que passavam. Tiniam campainhas, soavam trombetas e as folhas inquietas das palmeiras altas lampejavam douradas pelo sol.

Alfredo, embaixo, arremangado e descalço, atirava baldes d'água à varanda, e à janela do seu aposento, esgargalado, com os cabelos em gaforinha, Basílio pigarreava rascando a goela pegajosa.

O perfume que subia do jardim era agradável e a terra úmida da rega exalava frescura.

Os olhos ardiam-me e todo o corpo amolentado vergava a um morno torpor, como em febre. Um reboo de concha azoinava-me os ouvidos. Tomei o *jupon*[14] e desci a refazer me no banho frio. O café com leite não me soube. Atirei-me à cama prostrado sem, todavia, conseguir conciliar o sono. Fora a agitação da vida aumentava com a luz que abria, já tépida.

Deixei-me ficar estirada, gozando os lençóis, em doce preguiçar de modorra, recapitulando o que lera, o conteúdo estranho daquelas páginas emaranhadas. Por fim, a fadiga venceu-me e adormeci pesadamente, como narcotizado.

Acordei ao retinir da campainha, anunciando o almoço. Vesti-me, muito lerdo, e desci. Miss Barkley notou a palidez do meu rosto. Disse-lhe que passara a noite em claro.

— Também eu — rosnou o comendador, esburgando a costeleta. — Não sei que tinha o inglês esta noite: andou até às tantas, às patadas. Parecia que o teto vinha abaixo.

— Mister James?

— Ou o diabo. Mau vizinho! E olhe, Miss, mande examinar o gás do meu quarto porque há escapamento.

---

14. Palavra em francês que significa roupão.

Esta noite tresandava. O rombo deve ser grande. Também, com os pulos do tal homem não há cano que resista. Um dia vem-me o lustre á cabeça.

— Saiu hoje muito cedo — disse Miss Barkley.

— Quem?

— Mister James. Não desceu para o banho.

— Talvez esteja dormindo.

— Não, não está. Alfredo voltou com o café.

— Anda por aí.

— Na Tijuca, com certeza.

— Tem lá parentes?

— Mister Smith.

— Há de ser isso.

Voltei aos meus aposentos que o Alfredo alinhara e florira e, sem perder um instante em repouso, corri a empanada abrandando a luz e sentei-me à mesa, abrindo a pasta verde. Tomei dois cadernos de papel, numerei as folhas e, na quietação da casa, que parecia adormecida à sesta, comecei a tradução do manuscrito estranho.

A casa taciturna, encardida, de grossas paredes esborcinadas em cicatrizes que expunham, como ossos de um corpo, as pedras verdes de limo e sempre escorrendo um suor de umidade, avultava imponente entre as arvores colossais de um parque, cujo fundo desaparecia aos meus olhos na densa, escura ramagem de um bosque onde altos, ramalhudos cervos levantavam bramidos a que respondiam, em áspero grasnar, bandos ariscos de patos selvagens.

Da janela gradeada do meu quarto, que abria em ogiva sobre o ocaso, onde me era grato ficar entretido horas e horas, eu contemplava a paisagem aveludada e o céu macio, seguindo as moles ondulações das colinas em cujo recosto pastavam animaizinhos brancos: entre cerros, um trecho de rio estreito que parecia congelado, apesar do sol que o fazia reluzir tremulamente com o brilho intenso dos dias de verão e branca, muito esguia, aguçada em flecha, lançando-se de um cerrado de castanheiros, a torre solitária de uma igreja em torno da qual, todas as tardes, à hora de ouro do poente, abriam-se colares de andorinhas ou, no inverno, abandonada e hirta, no fundo do céu cinzento, parecia toda de neve, tremendo ao vento que passava uivando.

Não me aparecia viva alma: vozes, só a dos animais, ao longe, ou o rouquejo rangente da minha governante, uma mulher magra, tão alta e fina que vergava como as canas flexíveis, cor de cobre, cabelos negros escapando-se, em melenas, de uma coifa de seda. Não me perdia de vista: durante o dia, sempre nos meus passos, à noite estendia-se em uma pele de tigre, ao lado da minha cama, pondo-se alerta e de pé ao mais leve movimento que eu fizesse.

Se eu saía dos meus aposentos, adiantando-me pelo corredor atapetado, ia certo da espionagem dos seus pequeninos olhos negros, mais agudos do que estiletes, que me seguiam através de uma frincha, de um vão de porta e era ponto eu chegar à escada de ferro que, em volutas, levava ao último andar, onde vivia Arhat, logo a mulher, cujo nome era Dorka, corria a deter-me, medonha na sua roupa de seda, às listas, que lhe dava o aspecto repugnante de uma cobra a prumo.

Às vezes, raivosa, em frenesi, rilhando a dentuça apuada, prendia-me no quarto, mais do que em correntes, só com o poder dos seus olhos magnéticos que me tolhiam, tirando-me toda a energia e a própria consciência.

Apenas de manhã e à tarde consentia que eu ficasse à janela olhando tristemente os longes nublados da terra desconhecida que o meu coração desejava com ânsia.

Despertava-me cedo, ao primeiro luzir do sol, acompanhava-me ao banho, ajudava-me a vestir e comigo tomava a refeição da manhã.

Nem às horas de lição abandonava-me. Encolhida a um canto, de pernas cruzadas, não tirava de mim os olhos afiados, enquanto os professores (todos abaçanados e glabros) me iam explicando as várias ciências, exercitando-me em idiomas diversos, guiando-me no desenho, iniciando-me na música ou adestrando-me no manejo das armas.

Uma vez por semana eu subia ao grande salão dourado, onde Arhat me esperava, sempre melancólico, cercado de flores.

Era um homem raquítico, meão de altura, amarelo, macilento, quase um esqueleto, mas de um tal domínio nos olhos, à flor do rosto, que eu sempre lhe falava a tremer, ainda que ele me acolhesse com afabilidade meiga, afagando-me, até aliviando minha alma torturada do pesadelo de Dorka, que não passava do limiar da porta.

O salão dourado, vasto e deslumbrante, dava-me a impressão do pleno sol: as paredes, as colunas, o grande lustre, os móveis refulgiam como feitos de luz: tapetes amarelos alfombravam o soalho como finíssima relva luminosa e o teto azul era verdadeiramente um céu de estio, de onde parecia descer, em raios misteriosos, todo aquele brilho que me ofuscava.

O ar ambiente era puro perfume e por toda parte, em abundância maravilhosa, ostentavam-se flores de incomparável beleza.

Arhat recebia-me à porta e, antes de acariciar-me, fitava em mim os olhos verrumantes, tomava-me o pulso, auscultava-me o peito. Terminado o exame, levantava-me nos braços, com força destra que ninguém suspeitaria em corpo tão frágil e o meu dia deliciosamente começava por uma refeição delicada que eu nunca consegui saber como aparecia em grande mesa de laca preta, forrada por um *pano em que os bordados eram em relevo tão alto que as aves e as flores mais pareciam pousadas que trabalhadas no tecido cor de palha, de lustro metálico.*

A baixela, lavrada em arabescos, com as bordas de filigrana tênue, pesava de arriar o pulso mais robusto. Os manjares eram de escolha e sóbrios: lascas de caça fria acamadas em geleias diáfanas, um legume, ovos, pomos nos próprios galhos, entre frescas folhagens, granizos de neve e água límpida em vasos de cristal enevoados de friúra.

Favos de mel em patenas, bolos aromáticos, pastilhas dissolventes e um licor ambreado que me deixava na boca um saibo a violetas e punha-me nas veias calor vital, de sol.

Arhat via-me comer e, para acompanhar-me, debicava: um pouco de fruta, um fio de mel e logo que notava a minha saciedade, sorria.

Repentinamente as pálpebras pesavam-me. A impressão era instantânea, de novo erguia-as, mas já a mesa havia desaparecido e no seu lugar ardia, fumando em fio azul, um incensório de bronze, alongava-se uma coluna ou jazia uma otomana, conforme o ponto que o capricho de Arhat escolhera para revelar-me, mais uma vez, o seu prestígio, a que, pela insistência, eu já me havia habituado.

Então descíamos atravessando vastos salões desertos, pátios em que avultavam figuras truculentas — uma mulher com cabeça de elefante, um monstruoso ídolo de cujo tronco, como uma irradiação, partiam numerosos braços em cujos punhos minacíssimos luziam punhais; percorríamos uma extensa claustra em arcarias de mármore rendilhado e ganhávamos o parque.

Dorka, que nos esperava em baixo, acompanhava-nos à distância.

Oh! A delícia daquelas horas ligeiras, livre, em pleno ar, ao sol. Eu corria pelos relvados côncavos, balouçava-me na redouça, entre os galhos cheios de ninhos ou metia-me em um barco e docemente, por entre cisnes e nenúfares, cruzava o lago tranquilo, sob a vigilância do olhar atento da governanta, que soltava um grito gutural, sustando a redouça, se a via lançada com violência, chamava-me à margem se eu, brincando, fazia oscilar o barco ou perseguia-me com ligeireza de gazela, quando me via longe, nas sombras densas das carvalheiras onde se juntavam os cervos.

Que idade me teria então? Sete anos, não mais.

O meu desejo de conhecer a vida recrudescia. À noite, sentindo Dorka a meu lado, em vigília, punha-me a recordar as palavras dos meus professores, todas as noções que pouco a pouco eles me iam filtrando na alma e imaginava o mundo imenso que me atraía com os seus mares, com os seus impérios ricos e populosos, com a vida intensa das suas cidades, com o suntuoso rito das suas religiões. Aqui, virente e com flor à luz quente do sol; ali, estéril, silencioso, amortalhado em neve. Num ponto, viçoso e abastado, lourejando em campos de seara, com a alegria tranquila do canto dos segadores: em contraste, a guerra tumultuosa ensanguentando, arrasando o ponto oposto.

E a mim mesmo eu perguntava: "Que serão as guerras? Que serão as searas?"

E invejava o miserável que não dispõe de um teto palhiço para agasalhar-se no inverno, que não acha côdea de pão para iludir a fome, que não encontra farrapo de lã para forrar-se e, lançado nos valos dos caminhos, tirita e morre, mais desprezível do que um animal.

A vida, a verdadeira vida, além daqueles muros vetustos, daquele silêncio funéreo, daquelas sombras tumbais...como o meu espírito pedia-a!

Nessa ânsia, recalcando o instinto, cresci tristemente e tinha quatorze anos quando se partiu o primeiro elo da cadeia férrea que me prendia.

Num rigoroso dezembro — ainda que nos meus aposentos e em toda a casa soturna e erma a temperatura se mantivesse invariavelmente a mesma dos dias suaves da primavera, o frio era grande lá fora, ao tempo tão áspero que Arhat não ousava levar-me ao parque, contentando-me com algumas horas aprazíveis na estufa, entre palmeiras e orquídeas tropicais.

Nesse rigoroso dezembro, uma noite, estando eu acordado, vi Dorka soerguer-se de improviso, em recovo, arquejando, com a mão esquerda espalmada no peito.

A sua cabeça refoufinhada debatia-se ansiosa e o seu rosto hediondo, mais magro e mais amarelo à luz da lâmpada, contraía-se em esgares de angústia.

Um ronquido estrepitoso ralhava-lhe a garganta, estalavam-lhe os ossos em trepidações contínuas, estirava, encolhia as pernas nuas e ressequidas.

Ia levantar-me em socorro da miseranda, mas senti-me como enleado, amarrado ao leito, sem ação sequer para voltar-me: o corpo desatendia à vontade e os olhos, escancelados de espanto, viam mais claro e os ouvidos hiperestesiados ouviam mais fino.

Reagi em ímpetos baldados e ainda forcejava em vão quando vi abrir-se a porta e Arhat apareceu vestindo um amplo quimono de seda, seguido de um negro agigantado, com um peitoral de couro e saio curto, de lã, cujas franjas chegavam-lhe aos joelhos.

Lesto, inclinou-se, tomou nos braços possantes o corpo flácido de Dorka e saiu com a pressa assustada de um ladrão que fugisse.

Arhat sentou-se aos pés da minha cama e pôs-se a murmurar palavras misteriosas, acenando com a mão em gestos cabalísticos. Depois tirou da cinta uma caçoleta, *tomou entre dois dedos um pouco de resina, chegou-lhe fogo e deu em andar pelo quarto com um murmúrio de prece, agitando o arômata para espalhar o fumo lustral destinado a purificar o recinto. Por último veio a mim, impôs-me a mão à fronte e partiu. E logo desvencilhei-me do apego que me retivera em inércia aflita.*

E foi a primeira vez que tive medo. A Morte roçara por mim e, apesar da antipatia que me inspirava a governanta — tão forte é o poder do hábito! —, senti falta da sua presença, da sua voz esganiçada, dos seus olhos penetrantes e ardentes como ferro em brasa, da sua perseguição sem tréguas, do seu repulsivo aspecto esguio e colubrino.

Percorri vagamente todo o quarto, atônito, em atordoamento que me fazia vacilar indo de encontro aos moveis, mas o sono surpreendeu-me: mal tive tempo de chegar ao leito e logo adormeci pesadamente.

Ao acordar de manhã, à hora do costume, vi aos lados do meu leito, imóveis, duas figuras que me pareciam de mármore, tão brancas e impassíveis jaziam. Mas os olhos azuis de uma, os olhos negros da outra tinham tanta vida, era tão meigo o sorriso de ambas, tão sadia a cor das faces e foi tão gracioso o gesto com que me saudaram inclinando-se, os braços em cruz ao peito, que não me ficou dúvida no espírito sobre a sua natureza.

A de olhos azuis trazia os cabelos louros numa trança larga e frouxa, enastrada em fios de turquesa, um corpete de púrpura alto sobre o colo em botão, saia curta, de seda, e os pés esguios em papuzes de bico revirado.

Armilas de ouro cingiam-lhe os artelhos e nos braços roliços enroscavam-se braceletes dos quais pendiam, tinindo, símbolos e amuletos. Maya era o seu nome.

A de olhos negros, um guapo moço, senhoril e forte, vestia calções folgados, jaleco sobre camisa fofa, cinta, e calçava botas de camurça afiveladas de prata e à cabeça, gentilmente inclinado, deixando rolar sobre a fronte em cacho de azeviche, um gorro, espécie de fez tendo ao lado, presa em roseta de ouro, uma pluma negra que ondulava airosa. E disse chamar-se Siva.

O que então se passou em mim, só a expressão vexame pôde dizê-lo. Ardia-me o rosto incendiado em pudor e não me vinha palavra aos lábios, tão perturbado fiquei diante daqueles jovens que sorriam.

Mas o moço falou e eu que, até então, só ouvira vozes ásperas, tive uma surpresa de êxtase ao som melodioso com que ele se anunciou "meu servo", pedindo humildemente as ordens do meu desejo.

Logo, porém, voltei-me a um suave prelúdio — era a moça que repetia as palavras do companheiro e o meu espanto, deliciado, ficou entre os dois lindos sorrisos, entre as luzes acariciantes daqueles olhos que pareciam trazer um dia azul de primavera e os negros uma noite aveludada de luar e de sonho.

Ó, *a morte de Dorka! A morte de Dorka! Como me pareceu um bem...*

Sentindo-me disposto a deixar o leito, afastaram-se os dois jovens e os passos da moça foram ressoando pela câmara.

Achando-me só, ainda que os sentisse perto, passei à sala de banho onde, como sempre, tudo me esperava, desde a água jorrando, aos golfões, das faces da carranca na piscina de mármore, até os perfumadores acesos enevoando o recinto de aroma. No vestiário toda a roupa em ordem. E saí.

De novo o som argentino das armilas emocionou-me, precedendo a volta, já desejada, dos olhos azuis e a pluma negra e airosa ondulou no angulo do reposteiro.

À refeição, na sala de carvalho lavrado, onde os pratos subiam por um ascensor, ambos flanquearam-me à mesa, revezando-se no servir.

Se ele substituía um prato, ela, solícita e risonha, adiantava o talher; trazia ele a ânfora de vinho, ela a oferecer a copa; se um apresentava a fruta à minha escolha, outro trazia a corbelha das confeituras e as armilas soavam sempre e sempre ondulava, airosa, a negra pluma.

À hora da lição, desapareceram. Tanto, porém, que o último professor me deixou, tornaram, sempre sorrindo.

Ele empunhava uma espécie de lira, cujo nome — vina — vim a saber mais tarde, ela trazia um ramo de acácia em flor.

Como me achassem junto à janela ogivada que abria sobre o poente e na qual eu ficava, todas as tardes, embebendo-me na melancolia sugestiva do crepúsculo, sentaram-se perto, em um tapete de Chiraz, e, enquanto o sol moribundo sangrava sobre as colinas, casando-se ao som do instrumento, a voz da moça trouxe-me do coração aos olhos as primeiras lagrimas que chorei.
E ali encontrou-nos o luar misterioso.

A fadiga venceu-me. Já a tarde empalidecia no pavor da noite próxima, quando, derreando-me na cadeira, extenuado, estirei os braços com largo, desoprimido resfôlego.

E um momento estive em repouso antes de reler o primeiro lanço do meu trabalho.

Não me deixou de todo descontente, ainda que em um ou em outro ponto, por falta de valores correspondentes nas duas línguas, eu apenas houvesse extraído a ideia, abandonando a expressão e, em certas frases truncadas, por esquecimento ou pressa ou pelos frequentes borrões que enegreciam o texto, eu completasse o pensamento como me parecera mais adequado, tendo sempre em vista a ação e a intenção do período.

E pensei no que lera, naquela vida de sonho em sítio que se não nomeara, cuja paisagem vaga, ora ao sol, ora à névoa, tanto podia ser a de uma província romântica de França, como a de subúrbio londrino, de um bairro excêntrico de Berlim, dos arredores de Moscou ou da mística Estocolmo, cerúlea no rigor do inverno.

Sim, era um sonho que se afirmava no correr da narrativa cerebrina, cada vez mais estranha, mais tresloucada e mais bela, cheia de visualidades como uma ópera mágica.

James quisera dar-me amostra da sua imaginação e preparara, com engenho sutil, à maneira de reclamo, a cena do salão e a da entrega, ou melhor, do abandono do manuscrito que eu ia trasladando, não sem interesse, como o teria no caso afortunado de me haver vindo às mãos, por prestígio de algum gênio benfazejo, um conto inédito da princesa Sherazade.[15]

Depois de ligeira ablução, vesti-me e, debruçado à janela, acompanhando em silêncio, os adeuses do fim do dia — a lenta dissolução das cores, o calar religioso dos ruídos, o recolhimento extático com que a Natureza faz a sua íntima prece vesperal, dei acordo de mim quando um som, vindo através do espaço, de longe, vibrou alegre como voz festiva que me despertasse.

---

15. Sherazade é o contador de histórias da coleção de contos do Oriente Médio conhecidos como *As mil e uma noites*.

Já estrelas luziam.

De novo, mais claro, o som vibrou no silêncio. Era a campainha embaixo. Acendi o gás e, mirando-me rapidamente ao espelho, desci para o jantar.

Todos os hóspedes estavam á mesa, com exceção de James. Nem lhe notaram a ausência. Miss Fanny, sempre de olhos baixos, parecia mais pálida e mais triste, tossindo em acessos frequentes. O copeiro servia atento aos olhos de Miss Barkley.

Péricles, com o guardanapo engasgado no colarinho, tomou a palavra, radiante: Revelara uma chapa primorosa a que dera o título de *Réverie d'une jeune veuve*.[16] Uma jovem mulher, de preto, parada junto à cascata do parque de Aclamação,[17] o cotovelo no lombo da rocha, o queixo enforquilhado em dois dedos, olhando perdidamente.

Viúva, com certeza, e formosa...mas a atitude, a linha ondulante do corpo fino, o ar de enlevo!...

Adivinhava-se-lhe a lágrima nos olhos. E aquele fundo escuro, escabroso, de pedras eriçadas em folhas hirtas... Uma *trouvaille*![18]

Basílio olhou-o de esguelha, acotovelando o comendador, que sorriu com as bochechas tufadas pelo pirão de

---

16. Traduzido do francês como: "Devaneio de uma jovem viúva".
17. Era o nome original do que hoje é chamado Campo Santana, na Praça da República, no centro do Rio de Janeiro.
18. Traduzido do francês como: "sorte inesperada".

batatas. E Péricles, desde a sopa de legumes até a goiabada, falou de fotografia — dos grandes progressos da arte, de uma objetiva que encomendara, de certas placas de sensibilidade prodigiosa, do futuro fotográfico do mundo —, todo o progresso contido entre as quatro paredes negras de uma câmara escura.

O guarda-livros ouvira-o em silêncio, atropelando uma ameixa com as gengivas desdentadas. Por fim, bufando o caroço e passando o guardanapo nos beiços, que reluziam, disse:

— Está explicada. — Voltaram-se todos para ele, já com o rosto em sorriso.

— O quê? — perguntou Péricles, aprumado, com ar de desconfiança.

— Pois então? A causa da falta de água na cascata do Campo de Santa Anna é que as viúvas vão para lá chorar.

— Ora! — amuou Péricles, com um gesto de desprezo. E foi essa a graça da tarde.

Deixando a mesa, Brandt tomou-me o braço e, atraindo-me à varanda, perguntou em tom de mistério:

— Viste Miss Fanny? Notaste?

— Miss Fanny? Que tem?

— Não viste? Chorando?

— Miss Fanny?!

— Sim.

— História!

— Palavra! Lágrimas a fio. Que será?

— É a mim que perguntas?...

— Será por ele? — Encolhi os ombros. E o maestro lastimou-a sorrindo: A pobre!...

Péricles vociferava num grupo, atirando gestos desabalados, a investir furioso com o comendador e Basílio, que atacavam o cinematógrafo, "uma lanterna mágica com *delirium tremens*".[19]

— E o fonógrafo? O cinematógrafo é a vida em flagrante e o fonógrafo é toda a palavrosa mecânica que por aí gane e urra, atroando a cidade?...Ah! Contra essa ignomínia os senhores não se insurgem, por quê? Pois a fotografia, meus amigos, tem o futuro garantido. Tudo passará: o livro, os jornais, até as cartas, entendem? Até os discursos. Todos os documentos serão fotografados: uma firma falsifica-se, um indivíduo, não. E os políticos, em vez de perderem palavras em discursos estopantes, que ninguém ouve nem lê, transmitirão as suas ideias por meio da fotografia mostrando ali, na tela, a vantagem dos seus projetos, expondo, enfim, ao vivo, os seus programas e não embaindo o povo ingênuo com logomaquias fofas.

— E em vez de dizer-se — "Que grande orador!", dir-se-á: "Que fotógrafo!" — perorou Basílio e rompeu em cascalhada trocista.

---

19. *Delirium tremens* é um rápido início de confusão geralmente causado pela retirada do álcool.

— E por que não? Por que não? — arremeteu Péricles, já roxo. — Por que não? Será o século de ouro, o século do silêncio e da ação. Tudo se fará cinematograficamente.

— Um ladrão furta-nos a carteira, um assassino crava-nos uma faca, zás! O aparelho estampa-lhe, não só a figura, como os movimentos e, no júri, é só desenrolar a fita e eis o monstro projetado na tela da Justiça com um flagrante nas costas. E o fonógrafo? — e curvou-se de olhos esbugalhados. — *Res non verba,* meus amigos. *Res non verba,* como dizia Cícero ou outro que tal — concluiu esponjando, com lenço em bolo, o copioso suor do rosto.

Crispim, que escarvava os dentes com furor, abalando, com um palito, as arnelas escalavradas, chirriava um riso alvar, chuchando os cacos aos sorvos.

Brandt convidou-me para um pouco de música.

Recusei. Sentia necessidade de movimento, de ação ao ar livre, de repouso espiritual.

Aquelas horas consumidas em aturado labor, a noite insone, as preocupações que me traziam o caráter daquele homem, cuja vida eu começava a penetrar pela porta de ouro e marfim de um sonho extravagante, forçaram-me demais o espírito. Saí.

A rua, com a longa colunada de palmeiras como a galeria de um templo, era cruzada por passeantes, gozando a frescura. Criados passavam recolhendo do serviço.

Nas sombras dos jardins chilreavam crianças, vultos brancos, imóveis no aconchego dos caramanchões, pareciam dormitar docemente. Em algumas casas iluminadas soavam pianos. Segui vagarosamente em direção à avenida. As palmeiras farfalhavam sem descontinuar. Bondes desfilavam cheios numa pressa de comboios. No limiar de uma porta, que abria sobre tenebroso corredor, dois homens, em mangas de camisa, cantarolavam, sentados, as pernas estendidas.

A avenida larga, quase deserta, com as grandes pérolas das lâmpadas espalhando um clarão pálido, estava silenciosa, como adormecida.

De instante a instante um automóvel surgia aos ronquidos, flamejando, ou era um carro moroso que rodava com o cocheiro hirto, os passageiros recaídos, calados, desalentados como se voltassem dum funeral.

Encostei-me à muralha, debruçando-me sobre o mar picado de luzes.

A onda, mole e lânguida, chofrava aos jorras como no despejar espaçado de uma baldeação. Mas o céu, por trás dos montes, foi, aos poucos clareando em albor sereno como prenúncio de aurora e um fio curvo luziu, os redentes da serra cairelaram-se de luz nívea e o disco enorme da lua subiu com a impassibilidade espectral de uma visão, abrindo nas águas a longa tremulina argêntea.

Um golfo de fogo espocou à barra e um tiro atroou. Esfriava.

Grupos vinham chegando atraídos pelo luar: casais muito íntimos, crianças aos galreios, e, descendo de Botafogo, como em disputada corrida, carros, automóveis, bicicletas passavam levantando uma polvadeira que refluía em rolos, abrumava as luzes, subia, perdia-se.

Um homem aproximava-se em vagarosos passos. Parou diante de mim, lentamente descobriu-se e os seus cabelos brancos, ralos, pareciam molhados, e a barba, que lhe escorria do rosto macilento, de um amarelo azedado, luzia com brilho oleoso. Fitou-me inclinando humildemente a cabeça, estendeu a mão que tremia e murmurou um pedido no qual percebi que aludia à família.

Dei-lhe uma moeda. Ele vergou-se zumbrido, acenando-me com a mão, muito grato, e foi-se com o mesmo vagar ao longo da muralha. Pouco adiante voltou-se, esteve um momento parado, indeciso. Por fim, no isolamento da avenida decidiu-se a deixá-la procurando habitações, gente, almas que o ouvissem, que se comiserassem da sua miséria.

Olhou para os lados afundando a vista na distância e, com esforço, amiudando os passos, mais acurvado, atravessou as aleias e sumiu-se na sombra entre montes de tijolos, ao lado dos andaimes de umas obras: reapareceu adiante, na claridade de um lampião e voltou a esquina.

E eu? Onde iria? Sentia-me incapaz de prosseguir no passeio. As pernas vergavam-se-me e o espírito reclamava, em curiosidade ávida, a continuação daquela aventura em que entrara e por onde ia, com tão raro prazer, desvendando, a cada período, como através de ramas que se afastassem num bosque de sortilégios, encantos maiores, maravilhas mais belas.

Tomei resolutamente o caminho de casa. Ao entrar pareceu-me ver um vulto no caramanchão. Saudei. E a voz meiga de Miss Fanny respondeu da sombra.

As magnólias rescendiam. Brandt tocava. À varanda Miss Barkley e o comendador, afundados em poltronas de vime, conversavam. Parei um momento gabando a noite e, a propósito, o comendador felicitou-me:

— Estamos livres do inglês por algum tempo. Escreveu a Miss Barkley pedindo umas coisas. Está na Tijuca, com o Smith. Que se fique por lá o mais que puder.

Miss, rompendo a sua discrição, estranhou, pela primeira vez, o mistério daquela vida. Não era natural. Excentricidades tem-nas muita gente, mas não tantas; era demais. Enfim...Como não incomodava...

— Não incomoda! — exclamou o comendador. — Menos essa. Não há pior vizinho.

— Isso foi uma noite — defendi. — Naturalmente o senhor não tinha sono. Eu vivo paredes meias com ele e nada ouvi, apesar de acordado.

— Pois sim...

Os sons do piano de Brandt dominaram a palestra. Miss Barkley foi encostar-se à balaustrada atenta. Era uma rapsódia de Liszt[20] executada com expressão e bravura.

— Toca bem! — concedeu o comendador. E Miss, enlevada, acenou de cabeça:

— Oh! Muito bem! — E, calados, ficamos ouvindo a peça admirável.

Subi bocejando, disposto a deitar-me, com umas ideias valentes de trabalho para o dia seguinte: levantar-me-ia cedo e, logo depois do banho, retomaria a tradução levando-a até a hora do almoço e, depois de curto repouso, avançaria até a noite. Mas na saleta, diante da mesa, acendeu-se-me a curiosidade. Abri a porta, vagarosamente folheei o manuscrito intrincado e sentei-me, dispus o papel, tomei a pena e ia lançar a primeira palavra quando ouvi vozes, um desusado movimento embaixo: passos que se precipitavam, portas que batiam, cadeiras aos repelões. Cheguei ao alto da escada, pus-me à escuta e distingui a voz do comendador que dizia alarmado:

— Qualquer, homem de Deus! Qualquer! Aqui mesmo perto há um. Mas avia-te, rapaz.

Inclinando-me, apoiado ao mainel, perguntei:

---

20. Franz Liszt (1811–86) foi um compositor húngaro, pianista virtuoso e professor do período romântico.

— Há alguma coisa, comendador?

O velho, que estava perto, subiu alguns degraus e, com as mãos em concha diante da boca, soprou-me surdamente:

— Miss Fanny, a professora...está a deitar sangue pela boca. Parece que é do pulmão.

Desci até ele. Então, confidencialmente, explicou:

— Estávamos à varanda quando ela apareceu tossindo aos arrancos, ansiada...agarrou-se a uma coluna, e, quando vimos, foi a golfada de sangue, para mais de um litro, sei lá! Coçou a cabeça, com a face crispada de desgosto e de horror. Mandou-se buscar um médico. Há quanto tempo ando eu a dizer isto? Pois uma criatura fraca é lá para levar a vida que ela leva? Uma moura de trabalho, ao sol, à chuva; de mais a mais a aturar crianças? A ambição é no que dá. E sem um parente, coitada!

— E deram-lhe alguma coisa?

— Sei lá! Miss Barkley está a preparar uma poção com vinho. Está perdida... — Foi descendo; acompanhei-o. — Não se incomode. Tem lá o seu trabalho, deixe-se estar. Boa noite! Deixe-se estar.

— Mas se for preciso...

— Não, não é. — E voltou-se repetindo: — Deixe-se estar, mesmo porque ela já está no quarto e ali, o senhor sabe, nem o sol entra...só a lua, porque é feminina. O médico não tarda. Boa noite. E desapareceu no corredor.

Lembrei-me da frase misteriosa de James: "Pobre leoa!" E, ainda algum tempo, fiquei encostado ao corrimão, olhando, como à espera de novo incidente, a notícia de mais uma golfada de sangue, a derradeira, e a morte. Mas a casa reentrou no silêncio.

Subi e seguia pelo corredor quando senti que a luz do bico de gás amortecia em vascas trêmulas. Levantei os olhos: efetivamente a chama retraía-se como se mão misteriosa fosse lentamente torcendo a chave. Súbito apagou-se.

Um raio de lua branqueou o soalho, quebrou-se na barra da parede. Mas essa luz condensou-se toda, se juntou em um nimbo, como se houvesse claraboia no corredor coando, em disco, o triste palor noturno. E do soalho foi-se levantando em alvura, crescendo, tomando forma na sombra.

Fez-se um vulto esbelto e, sob a ampla túnica que o envolvia, desenhavam-se os contornos suaves de um corpo feminino. Alvo, como de gesso, rígido, em atitude lapidar, prendia-me os olhos e, acentuando-se-lhe os traços do rosto, neles reconheci as feições de James.

Os braços nus saíam-lhe das dobras moles da túnica, brancos, estendendo-me as mãos brancas. Era James Marian e, naquele traje, o seu rosto realçava mais belo. Era ele, como eu o imaginara em devaneio.

Arrepiado, sem poder tirar-me do ponto em que me surpreendera a treva, fiquei, e um frio de pavor gelava-me, a boca resecava-se-me, o coração batia-me aos esbarros.

Mas a luz reaparecia, reacendia-se o gás em chama azul, pequenina e dúbia e foi crescendo, como uma flor, abrindo-se, aclarando e a visão esvaiu-se, absorvendo-se na claridade até que, de novo, o corredor apareceu iluminado e deserto.

Então pude caminhar retransido. Abri a minha porta, antes, porém de entrar, no receio de nova aparição, detive-me examinando o interior. Tudo estava em ordem. E respirei como na salvação de um desastre.

Mas as pernas afrouxavam em quebreira e deixei-me cair no divã, opresso, com a respiração em angústia, estrangulado de medo.

A casa parecia animada, dilatando-se, distendendo todos os seus membros de pedra, todos os seus madeiros, bambaleando-se nos alicerces fundos.

Estrépitos respondiam-se de um a outro móvel ou eram as tábuas do teto disjungindo-se, como fendidas, atroando o pávido silêncio com estrondos ríspidos.

Por vezes a luz tremia em vacilações que modificavam o aspecto, a posição das sombras deslocando-as, e retraía-as ou alongava-as. Em mim mesmo, como se me fosse penetrando o frio da morte, o coração parecia inteiriçar-se e o sangue, ora escoava, deixando-me a cabeça oca, ora afluía-me todo ao cérebro, em jorro, atordoando-me num estado referto de apoplexia.

Levantei-me medindo a largos passos o ândito acanhado, evitando os espelhos com um receio inexplicável, mas, de soslaio, eu via o meu reflexo, sem, todavia, atrever-me a fitá-lo, certo de o encontrar demudado, senão outro, a imagem de outrem.

Cheguei à porta do quarto, afastei o reposteiro — a luz entrou em faixa até a borda do leito, mas o fundo era negro, em treva. E eu sentia naquela escuridão qualquer coisa que se não definia, uma traição impalpável, a cilada do misterioso invisível.

Voltei à saleta e, resolutamente, sem mesmo fechar o gás, tomei o chapéu e saí.

Ainda no corredor hesitei antes de dar volta à chave; por fim, decidido, dirigi-me, em surdos passos, para a escada, envergonhado da covardia daquela fuga. Atravessei a sala de jantar ainda acesa, a varanda, o jardim e lancei-me à rua, sem destino.

Tomei o primeiro bonde que descia, ansioso pelo tumulto da vida. Mas toda a cidade estava cheia do meu terror.

No escuro das ruas solitárias cruzavam comigo, em deslize aéreo, finas, funéreas silhuetas fluídas, halos pairavam ante meus olhos e desapareciam súbito. Nos próprios grupos eu sentia, adivinhava a presença de um ser vago, incorpóreo que se integrava entre vivos, como a refugiar-se. Andei até tarde, errando. Achegava-me aos pontos mais concorridos, mas em toda a parte, em tudo eu sentia a influência nefasta de um prestígio mau.

Em uma baiuca, perdida em viela escusa, mulheres esbagaçadas, em mangalaça bulhenta, os cotovelos fincados em mesas sórdidas, rolando os olhos vítreos, enlanguescidos pela embriaguez, fumavam, chalravam entre súcios da malandragem noturna, ao som roufenho de uma sanfona que um deles premia.

Estive à porta saturando-me da exalação do contubérnio, mas o próprio vício tornou-se sinistro e os zastres e as zabaneiras, acomadrados dissolutamente, pareceram-me apenas visões que se dissolveriam como se dissolvia o fumo que empanava a espelunca. Um carro passou com vozerio alegre — dois rapazes e duas raparigas. Tomei um tílburi,[21] mandei segui-los, querendo apegar-me àquela estroinice dissipadora. Apearam no *Paris*. Entrei.

O salão regurgitava fúlgido. Abanquei à primeira mesa livre e, sem disposição, inerte e exausto, entreguei-me a vontade do criado que me serviu a ceia. Vendo-me ao

---

21. Um carro aberto a de duas rodas.

espelho, quase me surpreendi achando-me o mesmo, tão mudado me sentia interiormente.

Ficaria, até o amanhecer, naquele rumor, à luz viva daqueles lustres se os noctâmbulos não se fossem retirando, cada qual a seu rumo, uns cantando ajoujados a raparigas, o chapéu à nuca, atirando as pernas em boléus de dança; outros lentos, pensativos, macambúzios, bocejando.

Saí para remergulhar na noite que me apavorava.

A lua sumira toldada por grossas nuvens; um vento forte lufava.

À porta pareceu-me distinguir a voz do Décio, num grupo.

Era ele, todo de brim branco, angélicas à botoeira. Falava de Rodenbach[22] com as suas explosões e hipérboles. Viu-me e, avançando, verdadeiramente assombrado, os olhos chispantes:

— Que é isto? Tu! O gato borralheiro...às duas da manhã, sem guarda-chuva e capote, no limiar do *Paris!* Que é isto?! Que mudanças grandes ameaçam esta terra lúgubre! — E aproximou-se, apalpou-me, examinou-me para convencer-se. — Mas...és tu mesmo? Que é isto? — perguntou-me em segredo, com um sorriso no rosto menineiro. Tomou-me o braço e, com um "Boa noite!" ao

---

22. Rodenbach é uma famosa cervejaria belga fundada pela família Rodenbach em Roeselare, Bélgica. É sinônimo de Flanders red ale, uma cerveja azeda produzida principalmente na Bélgica.

grupo, que logo se dissolveu, arrastou-me para o meio do largo.

— Anda, conta. Despeja no abismo da minha discrição a aventura desta noite. Dize-me do fulgor dos seus cabelos, da cor dos seus olhos, da graça alada do seu andar. É intelectual, tem alma ou é uma Vênus bruta, carne analfabeta e lúbrica?... — Disse-lhe o meu pavor.

— Quê! naquela casa? É impossível!

— É verdade. Não sei que foi...

— Talvez mau vinho, ao jantar.

— Não bebi.

— Então, meu caro, és um mimoso dos deuses, o único homem neste encanecido e esgotado planeta a quem ainda foi dado gozar a sobreexcelência de um frisson. Porque não há mais frissons. Os poucos que restavam, Baudelaire consumiu-os. E tu encontraste um!...Homem feliz! E deixar a sensação superior para chapinhar no lodo desta Suburra infecta! Se me prometes um pouco do teu medo, um arrepio, ao menos, vou contigo, passo a noite a teu lado. Se não, vem daí à Copacabana, conversar com o velho oceano e saborear um chope gelado, que é o orvalho com que costumo rociar a flor do meu lirismo, em noites sentimentais. Vamos, decide-te!

Levei-o comigo. Ele ficou no divã da saleta e, até tarde, folheando volumes, atroou o silêncio com a música das estrofes e rompantes de entusiasmo.

IV

Acordei abatido, alquebrado: todo o corpo doía-me contuso, e a cabeça pesada era como um espaço imenso, cheio de névoas, de longe em longe atravessadas pelo fio de luz de uma reminiscência.

Repuxei os lençóis e, estendido, tepidamente enconchado no côncavo da cama, os olhos fitos no teto, pus-me a pensar no incidente da véspera e, como o sol entrava pelas persianas iluminando o quarto, reluzindo nos móveis, brilhando nos espelhos, pareceu-me ridículo aquele "nervosismo" que me lançara de casa, alta noite, em verdadeira fuga espavorida.

Então lembrei-me do Décio. Chamei-o, insisti. Passos precipitaram-se na saleta e Alfredo correu o reposteiro, dizendo, em tom de surpresa:

— O senhor Décio? Já se foi, há que tempo. Tomou o banho e uma xícara de café e saiu. Quer que lhe traga o seu café? Já lhe trouxe, mas o senhor estava dormindo.

— Traze. Mas olha: Como passou Miss Fanny?

— Acho que melhorou, pois não. Mas aquilo, cá para mim... — esticou o beiço, com uma visagem de desânimo e, batendo no peito, concluiu: — é do pulmão, tísica. Não lhe parece ao senhor? Olhe que eu esfreguei a varanda, esfreguei a valer, pois a mancha lá está. Sangue às canadas. E ainda no quarto vomitou e disse-me o jardineiro que no jardim também havia. A gente, afinal, não tem assim tanto sangue como vinho em dorna. O que sabe não volta e é a vida. Então o cafezinho, sim? Quer com leite?

— Não.

— Simples. Muito bem — encostou a vassoura, saiu a correr.

Manhã, inútil. Depois do almoço sentei-me à mesa, abri a pasta e fiquei largo tempo a olhar as folhas densas, cruzadas de riscos, sarapintadas de nódoas que ainda mais complicavam a interpretação daqueles gregotins intrincados.

Levantei-me, saí ao corredor querendo ver o ponto em que me aparecera a visão. Examinei atentamente o soalho, as paredes, o teto como à procura duma fresta por onde houvesse passado o corpo fluido que surgira ante mim, em atitude de estátua, tomando-me o passo. E ali esqueci-me, o espírito perdido, o olhar inerte, parado, na contemplação airada do inexistente.

Tornei à saleta sorrindo do meu terror, abri a janela ao sol, acendi um cigarro e, sentando-me à mesa, prossegui na tradução:

Desse dia em diante a minha vida mudou como um rio que, rolando angustiado em áspera, sombria garganta, por um leito de lodo, eriçado de pedras, saísse desafogadamente em verde planura, fluindo por entre árvores viçosas, sob o azul do céu e o voo contínuo dos pássaros e das borboletas.

As horas passavam sem eu senti-las, serenamente fáceis e doces com as atenções delicadas dos companheiros da minha soledade.

A prova maior do encanto que eles souberam criar em volta de mim foi a indiferença com que, desde que os tive comigo, eu via chegar o dia, dantes tão desejado, em que Arhat me afagava no esplêndido salão de ouro e seguia-me, condescendente, ao parque, permitindo-me andar livre nas alamedas silenciosas, embebendo-me de luz e de aroma, correr nas relvas finas, vogar no lago, subir aos aclives pela escaleira ervecida dos taludes, repousar entre as pedras úmidas, ouvindo o murmúrio cantante da água, ver de perto a graça arisca das corças ou o porte sobranceiro dos cervos robustos, cujos galhos, muito ramalhosos, apareciam entre os castanheiros como raízes de árvores desenterradas.

Em toda essa delícia só um dissabor perturbava a doçura do meu viver e vinha das súbitas mudanças, da versatilidade em que se debatia minh'alma indecisa e vária, ora inclinada, com mais afeto a Siva, ora votada inteiramente a Maya.

Em certos dias o meu coração pulsava sôfrego, reclamando o mancebo e rejubilava em prazer íntimo quando o sentia perto. Só o rumor dos seus passos punha-me em alvoroço, feliz, e, se ele falava, eu sentia o sangue correr com mais pressa nas veias, ardiam-me as faces e os olhos, atraídos pelos dele, umedeciam-se a um afluxo de lágrimas. Se a outra aparecia-me em momentos em que o meu pendor era para os olhos negros, eu irritava-me irascivelmente contendo, a custo, impulsos de súbito rancor. Outras vezes, inversamente, o mesmo sentimento manifestava-se contra a pluma airosa por vê-la tão perto dos cabelos fulgidos. Era, então, a donzela o meu enlevo. Queria-a junto de mim, tomava-lhe as mãos e, abrasado em ardor vivo, tremia ao ver-lhe a pequenina boca entreaberta, o colo túmido, a cinta breve, os finos artelhos agrilhoados nas armilas de ouro.

E o meu prazer era ficar a sós com ela, calado, os olhos fitos no seu rosto, as suas mãos nas minhas, vendo-a trabalhar, sorrir, corar baixando as pálpebras, com a respiração mais apressada e ofegante e rosas mais vermelhas nas faces.

Essa simpatia revezava-se e sempre com o mesmo travo de ódio ao que ficara fora do seu alcance, como se o coração não pudesse conter no afeto duas criaturas e temesse perder a que elegera nas traças de sedução da preterida.

Tal inconstância vexava-me e remorsos pungiam-me depois das repulsas. Então, para remitir-me do que eu julgava ofensa, ameigava-me, atribuindo aos nervos aqueles frenesis que me faziam proceder tão em discordância com o meu sentir. Sempre a resposta — de um ou de outro — era o sorriso e, à compita, redobravam de carinho, desvelando-se, junto de mim, em cuidados os mais mimosos, atentos aos meus desejos, adivinhando-os para realizá-los.

Aos quinze anos eu era, em desenvolvimento físico, o que hoje sou — o tempo, completando o homem, pouco mais acrescentou à robustez do adolescente.

Em contraste, porém, a alma enfraquecia à medida que o corpo avigorava-se. Eu sentia esmorecer um instinto e outras inclinações acentuarem-se.

A coragem afoita dos meus anos verdes entibiava-se em timidez; o gosto pelas armas, pelos exercícios de destreza, pelos lances arrojados, apagavam-se e o espírito de aventura, que me fazia desejar o mundo com os seus perigos, retraía-se. As próprias ideias pareciam substituir-se.

A inteligência, dantes tão atilada, pronta e curiosa de saber, cerrava-se, com repugnância, a certos estudos e aos livros eu preferia as flores, trocava as armas pelas tapeçarias e achava mais interesse em ver cruzaram-se, em trama, num bastidor, os fios de ouro e de seda ou na melodia de um canto de amor do que nas sábias lições ou no garbo de um ginete aderençado em que eu seguia Arhat, cavaleiro aposto e ousado como um centauro.

Uma noite — era no inverno e nevava — ardia um lume alegre no vasto fogão de mármore e bronze, espalhando em torno vivo clarão purpúreo. Eu lia, docemente agasalhado, quando, de improviso, estremeci em arrepio áspero como se, por trás de mim, se houvesse aberto uma das altas janelas, recebendo da noite um esfuzio do vento. Voltei-me transido: todas as portas tinham os ferrolhos corridos, não penetrara sopro, tão duros nas suas dobras cabiam imóveis os reposteiros. O frio, entanto, recrudescia, ainda que as mãos e o rosto conservassem o calor, natural naquele aquecido ambiente.

Aproximei a poltrona do lume e foi como se me houvesse acostado a um bloco de gelo. Atabafei-me ainda mais, repuxando as peliças e a sensação persistiu desagradável, mórbida, inteiriçando-me, fazendo-me bater os dentes.

Quis levantar-me, chamar: estava tolhido e não sei quanto tempo, envolto em peles, tiritei traspassado, olhando o vívido fulgor da chama, ouvindo o crepitar das achas.

Era um frio interno como se o sangue se me fosse congelando e os ossos se fizessem de neve. Pouco a pouco, porém, veio vindo o calor e, com ele, um sono pesado, sono de fadiga que me prostrou como morto.

Na manhã seguinte acordei em tão alegre disposição e tão rijo, que Maya sorriu do meu entono quando entrou com uma braçada de orquídeas colhidas na estufa.

Ao vê-la, depondo a espada com que me exercitava, passei-lhe o braço à volta do busto grácil, beijando-a duas vezes na fronte e na boca.

Não se mostrou surpreendida, senão contente e, consentindo no meu delírio, apenas baixava as pálpebras e as suas pequeninas mãos eram de neve e tremiam dentro das minhas que as torturavam.

O que então senti por aquela criatura, cujo nome tornou-se o motor dos meus lábios, foi um verdadeiro desprendimento do meu ser, uma submissa rendição d'alma, que parecia haver transmigrado para o seu corpo, que eu adorava, desde os fios de ouro dos cabelos até a ponta dos mimosos pés que a punham em contato com a terra.

À sua própria sombra, por ser expansão do seu corpo, a sua parte na luz, tanto eu queria que, uma vez, juntando todas as flores que perfumavam a câmara e o meu salão, fi-la ficar de pé, ao sol e fui cobrindo a sombra de seu corpo com flores, de modo a desenhá-lo no tapete da câmara e, à noite, rejeitando o leito, como o noivo que se encaminha para a noiva, deitei-me sobre aquela alfombra e adormeci apaixonadamente no sonho do meu amor.

Ouvi-la era meu prazer. Vendo-a sentada, ajoelhava-me a seus pés e ficava-me perdidamente a contemplar-lhe os olhos, neles revendo-me como na transparência líquida de um lago.

O meu gozo maior era sentir-lhe o coração, contar-lhe as pancadas, acertando-as pelas do meu. Sorríamos entretidos em tal enlevo e, docemente, as nossas cabeças procuravam-se atraídas, colavam-se as nossas bocas: eu respirava o hálito do seu seio, e ela recebia a respiração do meu peito e, trocando o alento, vivíamos da atmosfera íntima em que as nossas almas pairavam.

E assim, embebidos um no outro, chegávamos a esquecer as horas. A noite surpreendia-me, e como havia eu de senti-la se tinha o azul luminoso daqueles olhos e o esplendor astral daqueles cabelos de ouro?

Siva, sem jámais demonstrar despeito pela preferência com que eu distinguia e ameigava a sua companheira, foi rareando as visitas, até que se limitou a aparecer-me uma só vez, de manhã, detendo-se no limiar da porta, mudo, imóvel, de olhos baixos, à espera de ordens. Recebia-as e retirava-se e em todo o resto do dia nem o rumor dos seus passos soava nos arredores.

E assim, nesse doce colóquio, um mês deslizou sereno.

Tanto eu me absorvera em Maya que só depois de tão longo prazo notei que quatro vezes Arhat deixara de receber-me, nem até se comunicara comigo. Quatro *semanas sem vê-lo, as primeiras desde a minha mais tenra infância!*

Ainda que me não tolhessem a liberdade, que ele me concedera no dia festivo em que me anunciou, com alegria paternal, que eu completara quinze anos, podendo andar livre no parque e em todas as dependências do solar que me fossem franqueadas pelos que me serviam, senti-me em desconforto e em cativeiro sem a presença consoladora e afável daquele amigo.

Falei a Maya, pedindo explicação daquele esquecimento que me ofendia e magoava como ingrato abandono.

Ela não respondeu. Insisti afagando-a. Fez um gesto com a mão mostrando o espaço, o além, como a significar que ele partira. E foi quanto pude tirar do seu discreto silêncio. Mas na manhã seguinte interroguei Siva, e o mancebo, fitando em mim os olhos de veludo, disse:

— Senhor, Arhat deve voltar com os dias suaves, no voo das andorinhas. Viaja. Tê-lo-eis convosco quando abrolharem os primeiros novedios — e nada mais acrescentou.

Desde essa hora, inexplicavelmente, começou a arrefecer no meu coração o esto em que me abrasava. Já desatendia a Maya, desviava-me dos seus passos e, não raro, a sua voz tão querida soava-me em tom importuno.

Passava os dias recolhido em um pensamento único e, à noite, acordando, levantava-me descalço e, de leve, mal aflorando o tapete, ia à porta, descerrava-a sobre a extensa galeria alumiada por lâmpadas opacas que pareciam lírios e magnólias entre as folhagens dos entalhes, deixava-me estar olhando com desejo intenso de ir por aquela escada que se enroscava ao fundo, chegar ao salão, abrir uma pequenina porta, espécie de aditículo, de onde, por vezes, Arhat surgia. Deviam ser além dela os seus aposentos.

Mas o receio de que me surpreendessem em tão indiscreta devassa, de incorrer no desagrado do homem todo poderoso, retinha-me.

Uma noite, porém, em que o vento soprava com fúria e a neve era mais densa, tarde — toda a casa dormia —, levantei-me e decidido, com resolução inabalável, saí à galeria.

Os meus passos estalavam no tapete como lenha verde ao fogo, todo eu tremia, ainda que levasse sobre os ombros um manto de peles. Caminhei. Diante da escada ainda me detive.

As lâmpadas espalhavam por ela uma luz nívea, os mainéis cintilavam em volutas de prata e lá em cima, na abertura circular, a claridade parecia maior, como a de uma claraboia em pleno sol.

Fui subindo receoso e os meus joelhos vergavam em tremores violentos.

Cheguei acima e a coragem, que esmorecera, reinflamou-se mais árdega, impelindo-me para o vestíbulo de mármore lampejante que um lustre de bronze clareava com esplendor diurno.

Lá estava a porta do salão com os relevos caprichosos da mais complicada escultura, numa profusa promiscuidade de monstros e deuses trágicos. Caminhei. A dúvida ainda assaltou-me: Como abri-la? Mas diante da porta, tocando-a apenas, de leve, senti-a mover-se, deslizar, girando docemente nos quícios, deixando-me passagem franca para o salão que fulgurava, num esplendor ofuscante de incêndio.

As colunas eram cilindros flâmeos, cintilando, irradiando com o brilho ardente dos toros inflamados; as molduras esbraseavam; o soalho, alcatifado pelo tapete de cor ígnea, parecia coalhado de lava combusta: e morno, atordoante, em ondas de fumo espesso, subia, impregnava o ambiente o cheiro dos arômatas.

Os incensórios exalavam espiras azuis e eram inúmeros — altos, em trípodes bizarras, em rasas peanhas pousando em garras.

Uma pira de bronze ardia em meio do salão, flamejando cerúlea, ora em labareda única, piramidal, ora em repartidas línguas que tremeluziam.

Estremeci de repente. Seguiam-me, espreitavam-me. Quedei, com o coração estarrecido, abafado, sem fôlego. Olhei e então reconheci no meu silencioso perseguidor a minha própria imagem — não uma, como, a princípio me parecera, muitas, reproduzindo-se em todos os espelhos que se defrontavam alargando, aprofundando o salão indefinidamente, multiplicando as colunas de ouro, as trípodes, a pira acesa, os móveis e a minha imagem que em fila extensa repetia, com isocronismo mecânico, todos os meus movimentos.

Aventurei-me até a porta esconsa, encravada numa reentrância em ogiva. Empurrei-a: cedeu sem rumor, abrindo sobre uma espécie de cripta de ambiente odorífero e azulado de cujo teto, em abóbada, pendia uma lâmpada em forma de concha, irradiando em sete bicos dos quais subiam trêmulas chamas pálidas. Meus pés afundavam mole, maciamente, no tapiz de felpa tênue; e tão espesso era o ar, que eu ia por ele, vencendo-o, com o esforço com que um nadador rompe o corpo das ondas.

Mas o brilho de um foco de fornalha oculava em flama o extremo da passagem. Guiei-me por ele precipitado, quase a correr, e saí em recinto circular como o interior de um zimbório, que uma luz roxa, funérea, coada em ampolas de porcelana, enlutava.

Nos muros, forrados de seda violácea, bordada em lírios de prata, cavavam-se estranhos nichos, denticulados como cavernas, resguardando ídolos de olhos fuzilantes.

Un enorme lampadário de ouro pendia do centro, suspenso por uma serpente de escamas rebrilhantes. De espaço a espaço, em copas de bronze, crepitavam resinas aromáticas ou ramos de flores esmaeciam em grandes urnas de ônix e de alabastro. Sobre um leito baixo, a cuja cabeceira velava um Buda de proporções humanas, inteiriçava-se um corpo coberto por um véu finíssimo, de uma teia sutil, diáfana como as águas límpidas e matizadas de flores.

Levantei-o de leve e, só com erguer-lhe uma das pontas, enfunou-se ondulando como neblina ao vento.

Descobri todo o corpo e, com violento tremor, recuei horrorizado reconhecendo, no cadáver que ali jazia, Arhat.

A luz fúnebre dava-lhe em cheio no rosto lívido e cavado, arroxeava-lhe as mãos engelhadas, afundava-lhe as órbitas, punha-lhe em mais saliente reponte o queixo agudo.

O terror avassalou-me — ia-se-me o espírito e o corpo rendia-se abatendo junto do esquife.

Vacilei, dobraram-se-me os joelhos em lassidão covarde; amparei-me a uma urna.

Rumores soturnos atroavam, talvez o vento a gemer fora ou...quem sabe! Soergui-me e, incerto, tateando, sem ver ao clarão tumbal daquele recinto de morte, caminhei hirto, rígido, abalroando com as paredes e, alcançando a passagem abobadada, deitei-me a correr espavorido.

Saindo ao salão, cegaram-se-me os olhos encadeados pela claridade intensa. Ganhei o vestíbulo, lancei-me à escada em vertiginosa fuga e atravessei a galeria.

Ao chegar aos meus aposentos estendi os braços atirando-me de repelão à porta como para arrombá-la e precipitei-me no vácuo.

A porta abrira-se e, no meio da câmara, em plena luz, sinistro, Arhat estava de pé, de olhos fitos, imóvel.

A tarde empalidecia quando suspendi o trabalho, estirando-me no divã, em repouso. O interesse pelo manuscrito, longe de crescer com o desenvolvimento, aliás curioso, que ia tomando a "novela", descaía em simples curiosidade literária. Não era, como eu presumira, um estudo verídico, mas uma fantasia, pura ficção tecida, com certo engenho, em tela deslumbrante.

O inglês divertira-se à minha custa oferecendo-me a sua literatura em involucro de mistério.

Enfim, era sempre uma distração para as minhas horas vazias e se me não punha no limiar do arcano, mostrava-me, em plena luz, a imaginação radiosa de um romântico.

Escurecia. As cigarras cantavam em concerto. Súbito senti um abalo como se a casa se houvesse suspendido nos alicerces e logo um reboo, seguindo-se lhe violento estrondo, outro, outro...

Era na pedreira próxima a explosão formidável das minas, deslocando dos flancos da montanha blocos de pedra, verdadeiros penhascos, que rolavam estrepitosamente, não raro trazendo coqueiros, velhas árvores, crostas de terra cobertas de mato, esmagando-os de encontro às arestas da monstruosa rocha escalavrada.

Vesti-me e já a sombra adensava-se nos cantos quando acendi o gás e desci para o jantar.

A sala iluminada, com as cadeiras em torno da mesa florida e coberta de porcelanas e cristais que luziam, ainda estava deserta. Os hóspedes começavam a aparecer à varanda, andavam pelo jardim.

Brandt, sempre só, enlevado no sonho, ouvia intimamente os ritmos antigos, a suave expressão das melodias mortas. Ia e vinha, lentamente, ao longo das frescas aleias, volteando os canteiros úmidos da rega, roçado pelas rosas moças que se inclinavam lânguidas nas hastes, já sob o eflúvio da volúpia noturna.

Por vezes detinha-se, estendia a mão a um ramo, tomava uma folha entre os dedos e enrolava-a, esmagava-a de olhos perdidos na altura, absorvido, como a seguir um sonho que se diluía docemente no éter, esfumava-se, fundia-se com a noite, entre os sonhos.

Basílio, acaçapado em uma cadeira de palha, esvurmava, com os olhos abelhudos, alguma coisa em que afiasse o sarcasmo; Carlos e Eduardo, juntos, à balaustrada, cochichavam; Crispim assobiava baixinho encostado ao umbral de uma das portas.

A casa tinha um ar melancólico, alguma coisa lúgubre pairava, nublando-lhe a expressão de alegria; o seu aspecto era outro: demudado, abatido, como em fadiga.

O comendador e Péricles apareceram. Basílio, dando por eles, voltou-se todo na cadeira:

— Então? Vai ou não vai?

— Mal — disse o comendador.

— Ah! Essa moléstia...E o médico? — O velho deu de ombros. A curiosidade reuniu todos os hóspedes num grupo e o guarda-livros, fitando os olhos em Péricles:

— Foste vê-la?

— Não — disse o outro retraindo-se. — Está lá o Penalva que entende. Eu não. Que vou lá fazer?

— Um instantâneo, homem. A cena presta-se...

— Tolice...! — resmungou Péricles dando-lhe as costas. A campainha vibrou. Entramos. Miss Barkley apareceu imutável, acenou de cabeça e tomou o seu lugar. O criado entrou com a sopeira e, em silêncio, com o respeito de um rito, começou o jantar.

Penalva tinha um modo mais grave, a compostura sisuda de um homem cheio de responsabilidades. Sabia-se que o médico lhe havia pedido auxílio, confiando-lhe a enferma, fazendo-o depositário daquela vida que ele sentia extinguir-se pouco a pouco, apesar dos esforços que fazia para mantê-la naquele corpo combalido e frágil.

— Então, doutor?... — indagou Basílio. — Miss Fanny? O estudante alongou o lábio. Brandt encarou-o.

— Não tens esperança?

— Esperança? Está perdida — concluiu, metendo na boca uma bucha de pão. Miss Barkley aspirou um fôlego mais largo e, estendendo o braço, compôs umas rosas que pendiam do vaso.

— O que me impressiona é a alucinação.

— Alucinação! — exclamou o comendador.

— Sim, alucinação — insistiu Penalva. Os olhos de Brandt alargaram-se iluminados e ele perguntou:

— Alucinação?

— É verdade. Ontem à noite, logo que o médico saiu, começou a manifestar-se o estado alucinatório. Estava deitada, tranquila, parecendo adormecida quando, subitamente, estremecendo, soergueu-se de ímpeto, sentou-se, de olhos muito abertos, cravados no fundo do quarto. Tentámos deitá-la, repeliu-nos brandamente, permanecendo na mesma atitude extática, muito pálida, toda fria, trêmula. Assim esteve um instante até que, escondendo o rosto com as mãos, rompeu em soluços, deixando-se cair no leito como abandonada.

— Era Mister James — disse Miss Barkley. Foi um alvoroço na mesa e muitas vozes exclamaram na mesma surpresa:

— Mister James?!

— Sim — afirmou a inglesa com serenidade. Todos, então, pousando o talher, inclinaram-se para ouvi-la, sorvendo-lhe as palavras e, no ansioso silêncio, ela continuou, pausada:

— Sim, Mister James. Foi o que ela me disse. Viu-o à cabeceira, não ele propriamente, o homem, mas uma moça que tinha o seu rosto, de túnica como as estátuas.

Às palavras da inglesa, um arrepio correu-me ao longo da espinha, eriçaram-se-me os cabelos, toda a pele se me crispou com um prurido irritante. — Pobre! — concluiu Miss Barkley. Trocaram-se olhares e o jantar prosseguiu silencioso. Basílio, porém, irrompeu em tom de escarnio:

— Então...de túnica? Mulher...? — Miss Barkley acenou afirmando. — Pois olhe, não descobriu a pólvora. Eu, apesar de o não ter visto de túnica, como as estatuas, sempre o classifiquei no outro sexo. — Os óculos de Miss fuzilaram. Desculpe, Miss, mas é a verdade. — E sacando violentamente o guardanapo do colarinho, exclamou:

— Pois aquilo é lá cara de homem?! — E espalhou o olhar, consultando os ouvintes. — Se nós tivéssemos polícia garanto que esse caso já estava esclarecido. Porque, afinal, quem sabe lá?! A Rússia está cheia de mulheres anarquistas, e são piores que os homens. Enfim...O melhor é calar-me. Que se avenham! — Aferrou-se ao *roast-beef* arremetendo, com fúria seva, à posta de carne que lhe ensanguentava o prato atufado de alface.

Brandt olhava-o com desprezo e, até o fim do jantar, debicando apenas, às garfadas lentas e distraídas, não disse palavra. Por vezes franziam-se lhe os cantos da boca ao retraço fugaz de um sorriso.

Basílio acirrava-se, indignado, contra a beleza de James, com a revolta escandalizada de um puritano diante de uma torpeza obscena.

Quando nos levantámos, Brandt, travando-me do braço, perguntou em tom de confidência:

— Tens que fazer?

— Não.

— Vem comigo. Este homem irrita-me, tortura-me os nervos: — e volveu um olhar ao guarda-livros, que empanzinava à varanda, esmoendo ódio.

Saímos. O músico, até o chalé, manteve o silêncio, torturando o bigode ralo.

A saleta estava escura e abafada. Brandt abriu largamente as janelas. Houve um amplo lufar de cortinas ao vento.

Ao clarão do gás todo o conjunto artístico do interior emergiu da sombra — vernizes e lâminas fuzilaram, as flores ressaíram à luz, as telas, em molduras largas, de ouro e laca ou de madeira encerada, mostraram horizontes longínquos de campinas, cabecinhas vivazes, águas em remanso, bosques e gados e as cegonhas tristes, no biombo, com o rebrilho dos fios de ouro e seda, pareciam riçar as penas. Brandt encostou-se ao piano e, com o cigarro entre os dedos, balançando a perna, ficou pensativo. Eu afundei na poltrona, fumando. Um vento úmido, às rajadas, sacudia os ramos do jasmineiro sem flores. A noite triste, tenebrosa e morna, pesava como um subterrâneo.

— Meu caro — disse o músico —, estão se passando coisas extraordinárias nesta casa. Coisas verdadeiramente prodigiosas.

— Por quê?

— Ouviste o que disse Miss Barkley sobre a visão de Miss Fanny?

— Sim: James...

— Pois, meu amigo, eu não estou doente, nem se dirá que me haja impressionado com isto ou com aquilo, porque só hoje, de manhã, soube da moléstia da professora. Ontem, à noite, entretanto — era, talvez, uma hora —, terminando o estudo, debrucei-me à janela, a olhar distraído, e vi um vulto aparecer na varanda, parar um momento, descer lentamente a escada, atravessar a aleia de acácias até a arcada de jasmins, onde ficou imóvel. Vestia exatamente uma túnica branca, diáfana, sobre a qual, por vezes, como que se projetava um raio de luz cerúlea. Pensei, a princípio, que fosse a professora, ainda que o traje me parecesse extravagante e, para convencer-me, saí ao jardim. O vulto mantinha-se na posição. Avancei afoito e, à distância de uns dez passos, senti-me como envolvido em neve, gelado. Parei, de olhar fito e reconheci no espectro...

— James.

Brandt acenou de cabeça e confirmou:

— James.

— E depois?

— O jasmineiro revestiu-se de alvura, como a um luar misterioso que só para ele clareasse, mas o palor destacava-se ondulando, subia em leve arejo, tênue esvaindo-se: pairou, um instante, sobre o arco, retraindo-se, dilatando-se, ascendeu suave, depois ligeiro como levado por um vento forte; e sumiu...Eu vi! — Acendeu o cigarro, sentou-se no banco do piano, o olhar vago, perdido.

— Pois, meu caro Frederico, deu-se o mesmo comigo. Eu nada diria se me não houvesses comunicado a tua visão. Deu-se o mesmo comigo, quase à mesma hora. — E descrevi a aparição que me surgira na treva do corredor.

— E que dizes?

— Eu? não sei. Não acreditas na alucinação coletiva?

— Não acredito nem duvido: a vida é um mistério e eu vivo. Essa inglesa, com quem sempre simpatizei, por senti-la infeliz, é um desses espíritos de amor que só vivem para amar. Retraída na virtude, expande-se em bondade. É uma arvore virgem coberta de flores, esterilizando-se em perfume: o fruto é da terra, o perfume é do espaço. Aparentemente é uma força inerte, mas...A rosa é uma fragilidade, um núcleo de conchas cuja pérola é o aroma...e a rosa envenena e mata, como o amor. Miss Fanny anda de rasto, escravizada a James e ele, quem sabe? Essa aparição coincidindo com a enfermidade da inglesa...

— E será ele?

— Quem então?

— Mas, nesse caso, morreu...

— Por quê?

— Porque só os mortos aparecem.

— Mas o espírito é imortal, meu amigo. Assim como o Pensamento é a sua rectriz, a Vontade é a sua Força. Quem se pudesse concentrar tanto que se absorvesse em si mesmo, imortalizaria a matéria, impregnando-a de eternidade. Os atos que nós chamamos inconscientes são produtos da *mens*[23] criadora, energia que não jaz, como a inteligência, subordinada à matéria, mas envolve-a, circula-a como um sol.

---

23. A palavra latina expressa a idéia de "mente" e é a origem de palavras como *mental* e *demência*.

Figura o cérebro uma lâmpada e a inteligência a mecha — o lume que a inflama é a inspiração, a mens a que aludi, que é a essência mesma da vida e essa essência, tanta vez repudiada, quando se manifesta inoportunamente, é o que nós chamamos — ideia. Se os nossos olhos não fossem preparados exclusivamente para a visão material, veríamos o ambiente e compreenderíamos a Verdade e todas as falsas noções que nos atordoam — a começar por esse vácuo a que chamamos Tempo — desapareceriam como espectros que o sol dispersa.

Os mortos não se manifestam. O que nós chamamos morto, é o cadáver — um despojo. Uma túnica não se põe direita senão ajustada a um corpo. Contida a matéria no sono, pode o espírito sair sem que a vida deixe de o sustentar com a sua dinâmica.

Proeja um batel ao porto, ferra o barqueiro a vela, resguarda os remos, retira o leme, amarra-o e salta em terra. Na onda que arfa continua o barco a zimbrar; se acontece rebentar o cabo que o retém afasta-se, garra ou soçobra, mas, se não larga do abrigo, fica até a volta do dono que, de novo, lhe põe a palamenta e fá-lo em rumo ao mar alto.

A vida é o mar, o barco é o corpo, o barqueiro é a alma. Lembras-te do Gênesis? Lá está, no segundo dístico: "O Espírito de Deus movia-se sobre a face das águas". Era a Alma Absoluta, a Eterna Fecundidade pairando geradoramente sobre o oceano, ainda imóvel, da vida universal. Jesus viveu entre pescadores — almas. A tempestade do lago de Tiberíade[24] que é senão a representação das tormentas da Vida? E Cristo, desprezando o barco, não caminhou sobre as águas à vista dos discípulos? Por quê? Para quê? Para mostrar que o espírito de Deus não carece de corpo. Largo tempo calamos os nossos pensamentos. Brandt pôs-se diante de mim e, com os olhos fulgurantes, segredou-me, como se receasse ser ouvido por outrem: — Meu caro, a Ciência é uma coluna em espiral girando sempre. Parece-nos que as volutas avançam investindo com a altura...infelizmente isso não passa de ilusão, pura ilusão, não é verdade? Chegamos até a cornija do Templo, daí para cima é o grande vácuo e as espiras verrumam, verrumam...

Falamos em progresso e rolamos na morte. Nada se sabe. Se considero a música a mais espiritual das artes é porque a música é pura essência. O ritmo é a sua lei, a sua manifestação é o som da natureza, da luz e do éter, simples vibração, onda etérea, nada mais. A música explica-me, de certo modo, o invisível e eu compreendo a alma quando executo, sinto Deus quando componho.

---

24. Também conhecido como Mar da Galileia ou Lago de Genesaré, é um extenso lago de água doce no Israel.

— Tu?

— Sim, eu. Todos os artistas baixam do ideal para o real, o músico ascende; parte do real para o ideal. A Poesia comprime o Pensamento em palavras, a escultura é de pedra ou metal, a arquitetura é argamassa, a pintura é tinta — a música é ritmo e é som: o indefinido.

O som é como o fumo dos incensórios — uma prece alada.

Nos templos, primitivamente, ao lado dos defumadores, ressoavam as liras e as ondas, geminadas, subiam no mesmo voo — as de aroma, em nuvem: as sonoras em melodia. Um poema é o que é — uma estratificação de ideias: a estatua é uma cópia da vida paralisada; o edifício é um conjunto de linhas inflexíveis; a pintura é a visão de um ponto no espaço à luz de um raio de sol. O canto é hálito, alma, e, sendo alma, é essência.

A vida é um ritmo que se desdobra em ritmos como a vaga multiplica-se em ondulações.

Atirando a mão ao acaso, feriu uma nota ao piano — o som vibrou, ressoou, foi esmorecendo e extinguiu-se.

Ele levantou o braço e fez, com o dedo hirto, um gesto terebrante, murmurando: A espiral…A espiral…

Chegou à janela e, um momento, esteve calado, mergulhando os olhos na escuridão exterior. Logo, porém, voltando-se, prosseguiu. — A aparição não me causou medo, apenas agitou-me como uma verdade enunciada.

Foi um relâmpago que me fez entrever o Além. Mas fiquemos na música. Disseste, há dias, falando de Beethoven, que o achavas admirável, mas que o não entendias.

— Sim. Muitas das proclamadas belezas das sinfonias passam-me despercebidas.

— É natural. Imagina-te chegado a um país teocrático e logo introduzido no templo onde se celebrasse, com toda a magnificência, a cerimonia mais solene da religião. Verias o interior do edifício majestoso, esplêndido nos seus mármores, ouros e pedrarias: verias ídolos colossais em altares suntuosos; verias os sacerdotes resplandecentes descrevendo, em silêncio, evoluções misteriosas; verias as sacerdotisas virgens bailando ao som dos sistros de bronze; ouvirias o deprecar da turba e ficarias apenas deslumbrado, mas não sentirias a emoção mística, por não compreenderes os termos da prece, a representação das danças, o valor dos atributos, o rito, enfim. À medida, porém, que te fosses iniciando nos símbolos esotéricos, isto é, "na razão íntima" do cerimonial, o teu espírito iluminado iria apreendendo a beleza e a significação dos passes mais sutis e alcançarias a verdade ideal. A música é assim.

Não basta ouvi-la, é necessário entendê-la, senti-la, interpretá-la; ter a emoção e o conhecimento. Nas sinfonias de Beethoven não há uma nota excessiva como não há na árvore mais frondosa uma folha inútil.

A música é uma linguagem aparentemente fácil e é a mais difícil de todas. Sete são as notas, umas nas linhas, como rojadas na terra, outras no espaço, pairando: répteis e aves, alfombra e nuvem, flor e estrela. Sete são os valores, sete as pausas, sete os acidentes, sete as claves, três os compassos. É pouco e é tudo. Na pauta cabem todas as vozes, todos os ruídos. As cordas são cinco e bastam: nelas cicia a aragem sutil e estronda fragorosa a fúria das tormentas.

Todas as harmonias da natureza estão contidas dentro da cerca do pentagrama.

Chegou à janela, ficou a olhar embebido no silêncio.

O ramo do jasmineiro balançava de leve como se lhe acenasse, estirando-se para alcançá-lo.

Uma mariposa esvoaçava em torno da açucena do gás. Brandt não fazia o mais ligeiro gesto, absorto, sonhando, imobilizado no pensamento como à beira de um abismo.

— Que tens, Frederico? — perguntei preocupado e ele, como surpreendido, voltou-se, de olhos enevoados, pálido e, levando a mão à fronte, a arrepelar os cabelos, murmurou vagamente:

— Não sei...Não sei... — Abriu o piano, sentou-se e, com as mãos espalmadas no teclado, quedou, extático. De improviso, ergueu-se, pôs-se a caminhar ao longo da sala, cabisbaixo, e repetiu em voz surda: — Não sei.

Plantou-se diante de mim, o olhar fito, airado:

— Pareço louco, não? Se pudesses imaginar o que sinto...A música desvaira-me. Wagner tinha razão — "ela é literalmente a revelação de outro mundo". E eu sinto tanto, tão intensamente!...A inspiração aflui-me em tumulto, mas acontece que as ideias, por serem muitas, atropelam-se e ficam como enxame alvoroçado que quisesse entrar, todo junto, em bolo, pelo alvado estreito da colmeia. É horrível! Não imaginas. A fecundidade em excesso é como as enchentes nos rios, é como a pletora nas veias — subverte, sufoca.

Nesse momento um busto assomou à janela, afastando o galho do jasmineiro e, tanto eu como Brandt, vibramos com o mesmo espanto. Era Penalva. O quintanista, percebendo a nossa perturbação, olhou-nos enleado:

— Fui indiscreto...?

— Não. Entra. Conversamos. — Escusou-se: — Estava á cabeceira de Miss Fanny. Vinha apenas transmitir um pedido da enferma.

— Um pedido? E como vai ela?

— Mal. Outra hemoptise.[25] Brandt insistiu com ele: — Que entrasse. Estava chuviscando.

---

25. Hemorragia no aparelho respiratório caracterizada pela expulsão de sangue, com tosse e expectoração.

Foi buscá-lo à porta. O estudante acedeu sem, todavia, aceitar a poltrona que o músico lhe indicou. Não. Não podia demorar-se. E, com sorriso vexado:

— Ela manda pedir-te um pouco de música ao harmônio. Os olhos de Brandt cintilaram e uma palidez lívida cobriu-lhe o rosto.

— Coitada! — lastimou comovido e abriu o harmônio, passou o lenço pelo teclado.

Arrebatadamente escancarou as janelas e a porta para que o som passasse em ondas livres. Penalva foi saindo e, no limiar, inclinando-se, apoiado aos umbrais, despediu-se:

— Boa noite!

— Que pressa, homem.

— Ela está mal, talvez não chegue à madrugada. Miss Barkley está lá, mas...Até amanhã. — E lançou-se à aleia, a correr. O harmônio aflava à pressão dos pedais acionados por Brandt.

— E então?! — exclamou o músico acenando de cabeça interrogativamente.

— O quê?

— Este pedido. Que te parece?

— Romantismo. — Sorriu e, curvando-se sobre o instrumento, logo um som suavíssimo desenvolveu-se em frase de sugestiva melodia, e ele disse, de olhos altos:

— A música, meu amigo, é uma religião para os que a sentem.

— Que é isto? — perguntei deliciado.

— O tema da *Paixão Fatal*, de *Tristão e Isolda*.[26] — Interrompeu-se e, tomando um álbum, folheou-o, abriu-o na estante e anunciou. — O *"prelúdio em mi bemol menor"* de Bach. Vale o Gênesis, meu velho. Ouve. É todo uma criação.

Sentou-se conservando-se um momento recolhido, a cabeça para traz, os olhos fitos. Descaindo sobre o teclado, atacou o primeiro acorde.

Houve, fora, uma refrega estrondosa na folhagem, um reboliço de ramos farfalhantes. Janelas bateram a uma rajada impetuosa. Um relâmpago fulgurou arrepiadamente.

Mas os sons graves subiam como uma prece à noite.

Longe atroavam trovões soturnos e as frases amplas, de uma originalidade de natureza virgem, desdobravam-se, cresciam largas e a impressão que em meu espírito produziam era a de um coro de vozes doloridas que entoassem misteriosamente no espaço tenebroso.

---

26. A história de Tristão e Isolda é uma interpretação literária de uma antiga lenda celta do século dezenove. A versão do poema alemão medieval, de Gottfried von Strassburg, é considerada a obra-prima e foi a base da ópera *Tristão e Isolda* de Richard Wagner que estreou em 1865.

Uivos do vento prolongavam-se pela noite, de instante a instante laivada por um golpe de luz. Súbito o músico paralisou-se, pôs-se de pé, nervoso, relanceando o olhar em torno.

— Que é? A chuva engrossava às rufias nas folhas, às bátegas nos muros. Brandt chegou à janela, arredou o galho do jasmineiro, ia cerrar a persiana, mas deteve-se hesitante. De novo o galho solto meteu-se pelo aposento, oscilando e o músico voltou ao harmônio.

— Por que não fechas a janela?

Meneou com a cabeça negativamente e, através da música divina, disse como falando em sonho:

— Que importa! Foi, talvez, para adormecer que ela me mandou pedir que tocasse.

E, vencendo o estridor da chuva torrencial, os sons do harmônio, por vezes doridos, enchiam a noite de uma angústia humana.

V

Apesar da insistência de Brandt para que eu ficasse, afrontei o temporal desabrido, recolhendo aos meus aposentos com toda a roupa encharcada e os pés em poças e, até tarde, através de ribombos de trovões, que pareciam explodir sobre o telhado, a chuva jorrou desabaladamente.

No escuro do quarto, onde os relâmpagos, insinuando-se pelas frestas, acendiam vascas fulgurantes, era agradável a soada perene e embaladora de água a alagar, a correr e a que os rijos pegões elo vento aumentavam a violência e o frêmito.

Adormeci docemente gozando o agasalho macio do meu leito, o seguro resguardo das minhas telhas.

De manhã, descendo para o banho, logo na escada tive notícia da morte de Miss Fanny. Péricles, que subia em *jupon* com a saboneteira e a esponja, os cabelos escarapelados, indagou tristemente:

— Já sabes? — e diante da minha mudez pasmada, anunciou: — A inglesa...Foi-se! Às cinco da manhã. Um travo de angústia empolgou-me a garganta. Não disse palavra. Olhamo-nos e Péricles, franzindo a fronte e sacudindo a cabeça desolado, arrepanhou o *jupon,* mostrando as pernas magras e cabeludas e foi-se, escada acima, devagar, resmungando lástimas.

Na sala de jantar, Basílio, já pronto, com o *water-proof* até os pés, tomava café junto à mesa. Vendo-me, arregalou os olhos empapuçados e, atirando à goela o último gole, adiantou-se, pisando fofamente em galochas, para segredar-me com ar de triunfo:

— Então, hein? Que disse eu? — Mas amuando, a carão todo em gelhas, amargurou: — Agora é esperar as consequências. Temo-la conosco, a tal Saúde Publica. Não tarda aí com os seus ácidos e os seus fogareiros infernais. Vai ser uma calamidade! No tempo da bubônica,[27] a tal bubônica dos ratos — e esfregou os dedos em significação de roubalheira — eu morava na rua de S. José. Morreu lá um sujeito, deram-no por empestado...Pois, meu caro, os tais da Saúde varejaram a casa e, não lhe conto nada! Fiquei sem um par de ceroulas para mudar. Agora, imagine...! Tenho uma sobrecasaca nova, que ainda não vesti. Você então...Não é por falta de caridade, mas essas coisas em casa como esta, cheia de gente...Os hospitais não foram feitos para os cães. Eu te digo: em adoecendo, mandem-me para a minha Ordem. Tenho lá tudo a tempo e a

---

27. O primeiro surto de peste registrado no Brasil ocorreu em 18 de outubro de 1899. A bactéria foi identificada em amostras retiradas de pacientes doentes na cidade portuária de Santos (Read).

horas, estou à vontade e não fico a dever favores. E logo o que...tísica! Isso onde entra fica, é como o percevejo. Eu é porque não tenho tempo, senão mudava-me. Você vai ao enterro?

— Não sei. Basílio estalou com a língua no céu da boca:

— Não vá, homem. A religião é outra. Eu não vou. Não entro em cemitérios, de mais a mais estrangeiro. Não é por nada, questão de princípio. Aquilo não é para vivos. Hei de ir quando me levarem; por meu pé não vou mesmo. Nem a cemitérios nem a missas.

À medida que falava, firmando o pé á borda de uma cadeira, ia dobrando a bainha das calças. Apanhou o guarda-chuva, sacudiu-o e, com ar de nojo, exclamou: — Tempo besta! — acendeu o cigarro e, levantando a gola do *water-proof,* saiu em pontas de pés, mansinho, ressabiado, receoso de que o chamassem para alguma coisa.

Ao voltar do banheiro, atravessando o passadiço, avistei Brandt, ainda em pijama, à porta do chalé, olhando pensativamente as árvores estarrecidas à chuva, gotejando numa tristeza de pranto humilde.

Dando por mim, alargou os braços atirando-os para o alto num grande gesto de consternação. Saiu ao limiar e de olhos franzidos, com a chuva a borrifar lhe o rosto, perguntou:

— Vais ao enterro?

— Não sei. E tu?

Ele recuou com o vento que impelia a molinha em direção à porta e, do meio da sala, mais alto:

— É difícil. Tenho hoje lição em Niterói. Enfim...pode ser. A que horas será?

— Naturalmente às quatro. Esteve um momento refletido, a torcer uma madeixa que se lhe encrespava à fronte. Decidiu-se, por fim, resoluto:

— Vou. Devemos ir. Toma um carro, vamos juntos — e despediu-se: Até logo.

Ao almoço Miss Barkley fez o necrológio da finada, descrevendo-lhe a vida virtuosa desde o dia em que a fora buscar a bordo do *Danube* até aquela triste manhã.

Era de uma família de puritanos da Escócia. O pai fora professor em Oxford e ela, a mais nova de oito filhos que se dispersaram, crescera sempre franzina e tolhida, no meio de sábios taciturnos e quakers de austeridade férrea, saindo de controvérsias científicas para esmiuçados comentários da Bíblia, entre o coral de Lutero e as meigas canções dos *highlanders* que, à noite, recordando, em cenáculo, a terra nativa, os velhos e os amigos da casa, reunidos à mesa ou à volta do lume, entoavam em tom místico, como se invocassem as divindades das colinas, oferecendo-lhes, no canto saudoso, o sacrifício de mais um dia curtido na terra do exílio.

Instruíra-se solidamente e, aos dezoito anos, deixara a casa paterna partindo para a Austrália como preceptora. Lá vivera três anos e de lá viera, numa necessidade de sol, para o Brasil onde, em um lustro de incessante labor, conseguira firmar um nome honesto, sempre numa auréola de crianças que lhe atordoavam as saudades do coração e os pensamentos d'alma com o festivo barulho dos seus brinquedos e a alegria límpida do seu riso. Moça de valor! De muito valor!

Penalva, que não se arredara um minuto da cabeceira de Miss Fanny, disse da morte compadecido: — "Juntou as mãos, cerrou os olhos como para dormir. Nem um tremor, nem um suspiro. Estava morta."

O comendador sorveu um hausto e bufou com sentimento: — Pobre moça! O criado servia o bife em silêncio.

Um dobre de sino rolou melancólico e aveludado no ar nevoento e o relógio pôs-se a tinir vibrante, anunciando as horas em timbre alegre.

Houve um raspar de pés à varanda, estouros de guarda-chuvas que se fechavam, murmúrio de vozes em cochicho e, à porta da sala, como em dia de festa escolar, apareceu um grupo de crianças louras, de branco, o olhar espantado e curioso, todas com ramos de flores.

Miss Barkley levantou-se para recebê-las. Seguiam-na criadas de avental e touca, muito graves, o ar compungido.

Entraram em surdos passos guiando as crianças sarapantadas.

Um cheiro de flores pairou docemente no ar como trazido em hálito de vergel e o bando deslizou em fila, sumindo no pequenino quarto mortuário.

O comendador confessou que estava verdadeiramente penalizado daquela "catástrofe": — Tão moça! Coitada...Penalva perguntou — se já fora vê-la? — O velho espalmou a mão diante dos olhos como na repulsa de visão terrifica, com todo o rosto em esgar enojado:

— Não. Não gosto de ver defuntos, sempre impressionam e a gente, quando chega a certa idade, deve evitar esses espetáculos. Se um dia de chuva, como o de hoje, põe-me nervoso, imagine uma criatura morta. Não! Quero-me com o meu sol, com o barulho, com a vida — curvou-se sobre a xícara de café, chupando-o aos sorvas.

Penalva referiu-se à beleza da finada:

— Parece de mármore, comendador, até as sardas esmaeceram. Está linda! — O velho fitou nele os olhos esgazeados e o estudante afirmou: — Sim, senhor: linda! Ha mulheres assim, como que foram feitas para o túmulo: feias em vida, embelezam na morte. Houve um caso desses na Escola... — E referiu: — Certa rapariga do mundo, durante a moléstia, no hospital, era horrenda, de fazer asco; horas depois de morta, como se se lhe despegasse do rosto uma crosta escamosa, descobrindo a pele alva e fina dos quinze anos, surpreendeu a todos pela beleza. Juntou-se gente no anfiteatro para vê-la. O Décio fez-lhe um soneto, um lindo soneto!

— Ora! — espocou o comendador incrédulo.

— Garanto-lhe! — confirmou Penalva, muito sério.

— Pois, meu amigo, seja como for, prefiro a vida.

Levantamo-nos e, recolhendo, cada qual, ao seu aposento, a casa ficou em silêncio, na luz velada do dia lúgubre, sob o esfarinhar do chuvisco que se espalhava no ar em rorejo esvoaçante como uma nuvem de mosquitos sobre um lameiro vasto.

O dia amorrinhava abochornado. A espaços, em nesga aberta nas nuvens, o sol transluzia mortiço, doentio, filtrando uma luz amarela de círio. Frouxos trovões rolavam preguiçosamente ao longe e as moscas, invadindo o interior agasalhado, esvoaçavam impertinentes perseguindo-se em fúria lúbrica com zumbido monótono que ainda tornava mais sensível o morno e abafado silêncio.

Tentei trabalhar, mas a atenção fugia-me para a câmara da morta.

Uma bafagem de aroma invadiu a sala como se subisse daquele quarto funéreo e logo se me afigurou num esbatido fundo de sonho, o cadáver da inglesa, branco, como o descrevera Penalva, emoldurado em rosas e lírios alvos, as mãos postas, rigidamente enclavinhadas, como no fervor de uma prece, um sorriso beato estampado no rosto.

Abri ao acaso o grosso volume misterioso que me emprestara James e pus-me a olhar as garabulhas estranhas que o enchiam: linhas revessas, discos, espirais, formas de urnas, crescentes firmados em cruzeiros aspados, signos mágicos, silhuetas de animais como nos hieróglifos egípcios e, folheando-o vagamente, distraidamente, cheguei à última pagina que uma iluminura floria — uma haste verde de onde se lançava a prumo um lírio airoso e outro pendia murcho e flácido, justamente como no frontispício.

Não havia dúvida — era um símbolo encerrando todo o mistério daquele escrito arrevesado.

Prendiam-se meus olhos às bizarras figurações e fosse ilusão da fadiga ou verdade maravilhosa, todos os caracteres começaram a mover-se lentamente — as espirais desenrolavam-se, alargavam-se como serpentes entorpecidas que se fossem reanimando a um calor suave; os discos bojavam, cresciam em globos e elevavam-se das páginas semelhando iriadas bolhas de sabão; as urnas punham-se de pé; os crescentes iluminavam-se de um livor de luar sobre os negros cruzeiros que se desenvolviam, estendendo para um e outro lado os braços inflexíveis: os vários signos revoluteavam em giro vertiginoso e os animais crescendo, encorpando-se, curvavam o dorso, distendiam as asas com o pelo híspido ou com as penas arrepiadas e os olhos coruscantes, acirrando-se em combate e fugiam aos galões ou abalavam em voo espavorido, dissolvendo-se como halos de fumo que esvaecem no ar. Esfreguei demoradamente os olhos estremunhados. Tornando, então, à página, revi tudo na primitiva e natural fixidez. Ilusão!

Pus-me a andar pela saleta repelindo os pensamentos sombrios que me perseguiam em revoada.

Por que me havia de perturbar o espírito aquela ideia pertinaz da morte? Aquele cadáver, que eu sentia como suspenso acima de mim, pairando, hirto e frio, branco, entre flores, por que me havia de seguir?

Eu via claramente em torno, e nada percebia, nada! Entretanto a morta estava comigo, envolvia-me, obsedava-me.

No brilho acerado dos espelhos havia, por vezes, obscurecimentos, brumas que o toldavam de passagem, logo, porém, a claridade reabria-se fulgente. Não era senão o reflexo do céu, ora bruno, ora aclarado pelo sol indeciso.

Atirei-me à cama, prostrado, sempre a pensar naquele transe da madrugada, naquela alma que se partira da terra e do sofrimento para o seio do mistério. Queria segui-la, vê-la resolver-se em luz, integrar-se na claridade infinita e olhava-a fito: sentindo, porém, o sono, tentei levantar-me para chamar Alfredo e encarregá-lo de encomendar o carro, mas a lassidão era tal que apenas pude soerguer-me, e logo recaí nas almofadas, adormecendo imediatamente.

Gélida mão tocou-me a fronte de leve, apertou-me a mão que pendia à borda do leito e, abrindo os olhos assustado, vi uma forma brumal, um corpo sutil, diáfano, ondulante como reflexo de névoa em águas trêmulas, sair fluindo em alor silencioso.

Sentei-me de golpe, aturdido, assombrado; passei à saleta, medroso; olhei — deserta. O meu relógio de bronze sobre a mesa marcava justamente as três horas.

Teria sido um aviso? Ela? A pedir a minha companhia para não ir solitária por aquelas ruas sob a tristeza inclemente de um céu de inverno, ela que viera pelo sol, demandando a luz formosa e vital dos nossos dias?

Seria? Chamei Alfredo e, nervoso, mal lhe senti os passos no corredor, corri à porta a despachá-lo com o recado:

— Encomenda um carro pelo telefone. Depressa! É sempre às quatro?

— Sim, senhor.

— Brandt já veio?

— Creio que já, porque o chalé está aberto.

— Então vai. Um *coupé*. — Refresquei o rosto e comecei a vestir-me, sempre preocupado com a sensação que me despertara.

Diante do espelho, sem ver-me, pensava: Oh! Os meus nervos! Os meus pobres nervos excitados começavam a afrouxar em tibieza covarde. Decididamente era preciso reagir. Minha alma, senhoreada pelo terror, enfraquecia imbele ante os incidentes mais comezinhos: o voo de um inseto que investia à vidraça fazia-me estremecer abalado; ao estalido de um móvel gelava-se-me o sangue. Dei um empuxão à lapela da sobrecasaca em arranque de força enérgica e cheguei à janela.

O sol rompia as nuvens adelgaçadas e o ar era fresco e macio. Grandes vãos de azul apareciam e as folhagens lustrosas brilhavam tenras como rebentos da véspera. Ainda pingavam, a espaços, goteiras lentas.

Desci. Na sala dois ingleses fumavam distraídos e um menino, vestido à maruja, encostado à mesa, folheava um número do *Grafic*.[28]

Encaminhava-me para a varanda com o propósito de ir ao chalé, quando Brandt entrou na sala, ainda alisando as mangas amarrotadas do fraque.

— Estamos na hora?

— Sim. — Miss Barkley apareceu, falou aos ingleses, que logo se aprumaram, e preveniu-nos também:

— Estava tudo pronto. Iam fechar o caixão. Se quiséssemos... — Acompanhamo-la.

---

28. É provavelmente uma referência à revista *National Geographic*, cujo primeiro número foi publicado em 1888.

Sobre uma mesa estreita, ao meio do quarto, jazia o caixão negro, folheado de ramagens de prata. Mulheres mexiam-se em volta, compondo as flores, atafulhando-as nos vãos e a morta, muito branca, parecia de cera. As faces fundas, com os ossos em ressalto, os olhos cavados, entreabertos, como desabotoando na lividez das órbitas, o nariz muito afilado, os lábios finos, sem cor, gretados e secos. Uns fios de cabelos louros iluminavam-lhe a fronte lisa. Entre as mãos ebúrneas, morriam flores e uma cruzinha de ouro pousava-lhe sobre o peito raso.

Fecharam o caixão, sem lágrimas. Os ingleses tomaram-no, levantando-o como simples fardo; eu e Brandt secundamo-los e saímos.

As mulheres vieram até a varanda. Passámos por entre as roseiras viçosas e os galhos balançados gotejavam sobre o caixão. Uma das flores desfolhou-se e, no momento em que o jardineiro abria de par em par o portão, no caramanchão uma cigarra alvissareira desferiu o alegre canto estival, contente com o sol que saía ao azul, livre como um empavesado barco que abrisse amplas velas ao vento ao singrar, airoso, o mar bonança, longe da bruma, longe dos bancos álgidos, longe dos níveos penedos, pela serenidade remansosa das águas lisas.

A vizinhança apinhava-se às janelas, havia curiosos pelas calçadas. Miss Barkley esperou que se afivelasse a última correia e, quando o féretro se moveu, fez um aceno tão simples com a mão como se se despedisse, por horas ligeiras, da que ia para a Noite sem alvorada ou para a manhã radiosa do Dia que não finda.

Ao voltarmos a rua Marquês de Abrantes cruzamos com a carrocinha da Saúde Pública e uma carreta em bancada com os desinfetadores. Sorri lembrando-me das palavras irritadas de Basílio. Brandt murmurou:

— O exorcismo — e depois de uma pausa, ajuntou em tom misterioso: — Se os homens pudessem fazer o mesmo ao coração livrando-o da saudade, a alma sofreria menos no seu breve trânsito pela terra.

A Morte é a Flor da árvore da Vida: murcha no ramo, desfolha-se no túmulo, mas o pólen a reproduz. O homem que lavra não se contenta, quando ara e depura o campo, em arrancar a planta maninha: cava, desarreiga a vige e o mais tênue filete de raiz e ainda lança fogo ao restolho para que não perdure sêmen nefasto. A flor aqui vai... Mísera flor! E lá vão os arrasadores destruir o gérmen letal que ela deixou disperso no pequenino quarto.

— E tu crês, Brandt?

— Creio, sim; creio, ainda que julgue a Morte uma ascensão, nada mais — o que nós chamamos Vida é a purificação do ser. Natureza, eis tudo. A alma entra na existência como em escala de aperfeiçoamento, passa do menor ao maior oscilando entre o bem e o mal. Em todo homem subsiste a vaga reminiscência de uma vida anterior e há a tendência para o Além: a terra prende-nos, o céu atrai-nos. A vitória do Absoluto é a Morte.

Éramos árvore, um arranque fez-nos pássaro, em vez das raízes cativantes, adquirimos a asa solta, vencedora do espaço. Homem hoje, amanhã...

— Poesia...

— A Poesia é a flor da Verdade, meu amigo, ainda que todas as ideias que se destacam da vulgaridade, as superiores e as imbecis, lhe sejam, por desinteligência ou escárnio, desprezivelmente atribuídas.

O poeta é vidente: anuncia por símbolos o que se há de realizar em dias vindouros. A flor não tem saibo, senão aroma: o verso é pura abstração — alma. O fruto, com a polpa saborosa, vem mais tarde à árvore.

Analisa qualquer lei científica e hás de nela encontrar a essência poética. Os primeiros sábios foram contemplativos: a palavra da Sabedoria nasceu ao som das liras. Apolo guiou os passos de Minerva[29] infante. Tudo é poesia.

O *coupé* relentou a marcha num atravancamento de carroças contidas por um carrejão carregado de lajes de granito que entalara uma das altas rodas num lameiro, diante dos emaranhados andaimes dum prédio em construção.

---

29. Minerva (a homóloga romana da Atena grega) é filha de Júpiter (o homólogo do Zeus grego) e irmã de Apolo.

Estalavam chicotadas ao vivo atroar de brados enfurecidos. Houve, por fim, um alarido de açulo, um vozear de acorçoo e logo estrepitoso barulho de muitos veículos partindo de arranque em direções diversas. E o povo refluiu para os lados arengando. Seguimos.

Na Saúde Brandt observou:

— Parece que deixamos as portas da cidade. Repara como tudo aqui é diferente: outro aspecto, outros tipos. A própria lama é negra, como feita de pó de carvão. A rua, esburacada e tortuosa, reluzia em abafeira escura. Íamos lentamente ao longo dos grandes trapiches, por entre caminhões que rodavam aos solavancos, com um forte estridor de ferros.

Tanoeiros besuntados, com aventais de couro, martelavam aduelas, raspavam quintos e um cheiro ácido, avinhado, exalava-se em bafio de dorna.

Embarcadiços, de blusa ou em mangas de camisa, os braços robustos avergoados de veias turgidas, tanados, a pele franzida em rugas, aos grupos às portas das vendas, cachimbavam ou riam às cascalhadas. Em vastos armazéns sombrios, as sacas, em pilhas, por entre as quais enfiavam esgalgadas ruelas, topetavam com o teto.

No fundo fuliginoso de fundições havia um como flamejar de piras, tiniam ferros através do rumor reboante das máquinas.

Carregadores trotavam curvados ao peso de sacas e, chapinhando na lama, desapareciam em casarões vetustos e gente, num aforçurado ir e vir, abalroava-se aos encontrões, no mourejo ou na calaçaria: mulheres esmolambadas, crianças maltrapilhas farejando às portas, negros agigantados, o busto nu, retinto, reluzindo ao suor, rinchavelhando às guinadas com os bíceps intumescidos em ampolas de força.

Vielas subiam de esguelha, enviesavam-se em cotovelo, ladeira acima, por entre casario chato com a cimalha esborcinada e a borda do telhado coberta de erva e ao alto, no remonte agreste, sotopunham-se, em pombal, vivendas misérrimas — casotas acaçapadas, baiucas, pardieiros apinhados, um refugo de ruínas na desordem desmantelada de um desmoronamento.

As altas chaminés, em obeliscos, bufavam rolos espessos de fumo negro e, de instante a instante, vencendo o rumor, um silvo esganiçava um grito histérico, ou o retroo duma sereia prolongava-se soturno.

Quando chegamos ao cemitério, em silêncio, ajudamos os dois ingleses a retirarem o caixão respingado de lama, e, tomando as alças, subimos vagarosamente a áspera e pedrenta ladeira entre grossa muralha laivada de umidade e uma ala flexuosa de bambus.

O sol brilhava triunfante, livre das nuvens que fugiam em derrota. A aragem soprava suave.

Triste cemitério de exílio! Encostado à montanha, todo em acidentes: ora corcoveado, em cômoros, ora abismando-se em ribanceiras íngremes, com os jazigos abandonados, enegrecidos, dentro de moitas hirsutas de erva brava, as cruzes de ferro roídas pela ferrugem, as de mármore veiadas de negrume, era desolador como a própria morte naquele recanto lúgubre, entre árvores retorcidas e engelhadas, cujas raízes repontavam expostas, órfãos da terra carreada pelos aguaceiros.

A montanha, com uma torre fina espetada no viso, vertia o seu flanco estéril para o cemitério. Em frente, o mar sereno, pelo qual entrava longamente uma ponte carregada de *wagons*, refulgia coalhado de barcos: e longe, cintando as águas lisas, o ridente da serra, mais azul do que o céu.

Chegámos á capela — nua, sem um símbolo a não ser a cruz triste, de ferro, no vértice do frontão, entre andorinhas que esvoaçavam. No interior, de paredes brancas, abertas, ao alto, em persianas, só havia, ao centro, uma mesa funérea sobre a qual descansamos o caixão.

O pastor, um homem pálido, de barba negra e óculos, esperava-o, revestido de uma capa branca, de largas mangas, a estola negra ao braço, o livro entre os dedos.

Chegou-se ao esquife e pôs-se a ler maquinalmente numa voz que esmorecia, quase apagava-se, para crescer, de improviso, em tom ríspido, imperativo, como se ele intimasse a divindade a receber a alma que consignava.

Não era prece, mas parecia transação com o Além, em que se sentia o negociante a gabar a mercadoria, a exaltá-la, cedendo-a, por fim, com as caramunhas aborrecidas do que dá por menos do que pretende. Fechou o livro, pôs-se em marcha.

Seguimo-lo com o leve esquife, levando-o, ladeira acima, até a barranca, junto ao muro, onde a cova aberta, de terra pastosa e mole, enlameada ao fundo, esperava guardada pelos coveiros.

De novo o pastor abriu o livro, murmurou a oração extrema e, lentamente, num silêncio em que se ouvia o lânguido ringir dos ramos, descemos o caixão que chafurdou balofamente na cova encharcada.

A pá de terra, passando de mão em mão, cinco vezes fez ressoar o tampo do esquife. Afastamo-nos. Logo, com pressa de acabarem, os coveiros tomaram as enxadas e um estrondo surdo atroou.

Os dois ingleses subiram, e, ao alto, um deles, indiferente aos túmulos, estendeu o braço mostrando a paisagem, explicando-a ao companheiro e seguia com o dedo hirto as voltas da terra, os rolos de fumo das chaminés, os telhados negros, os barcos que deslizavam, a serra longínqua, as próprias nuvens. O outro olhava fito.

Nos ramos, dourados pelo sol, as cigarras cantavam hilares.

Brandt, diante da capela, nua e desolada como se por ela houvesse passado a profanação de um excídio, meneou com a cabeça:

— Não! Não compreendo religião sem ritual, nem ritual sem pompa. O homem precisa ver para compreender e amar. Não basta pensar em Deus, é necessário senti-lo, tê-lo ante os olhos em expressão material, como um alvo a que vá fitar a prece, para o qual se lancem as mãos pedintes e corram em torrentes as lágrimas desencadeadas.

— E a natureza? Tudo isto? Céus e terras?

— Tudo isto é a criação, não é Deus. E esta capela é uma casa deserta, corpo morto a que falta...

— Um ídolo...

— A alma, meu velho, a alma das religiões, que é justamente a Poesia: uma expressão da Bondade, do Amor, da Esperança, da Fé...o símbolo, o símbolo, o eterno e necessário símbolo.

— Isto é desoladoramente triste, hás de convir. Vamos!

— e descemos desconsolados a precipitosa ladeira apuada em pedrouços.

Diante do carro, Brandt ficou um momento hesitante. Por fim disse ao cocheiro: — Para o Globo!

E, deixando-se cair no assento, exausto, desabafou:
— Estou com fome! Tive um dia tremendo! Felizmente aí está o sol. Não imaginas como passo mal nestes dias sem luz. — E, inclinando-se para olhar o céu, exclamou, extasiado no azul: — Tarde esplendida!

O aroma e o som, vivendo no ar, insinuam-se mais do que a luz: a fronde de uma árvore é empecilho ao sol — o aroma e o som passam através dos muros fortes dos cárceres.

No cérebro eles são assíduos, e, visitando todos os meandros, vão sugerindo ideias, despertando reminiscências, gerando êxtases e terrores, excitando o gozo ou provocando lágrimas.

Há melodias e aromas que renovam saudades, outros fazem-nos devanear lançando-nos aladamente em plena fantasia.

Um jardim em flor inspira tanto como uma orquestra. E há sons ásperos como há cheiros estíticos. O aroma da violeta é um balbucio, o jasmineiro florido é um coro de bacanal.

O *tirso das Ménades*, feito de lenho de sândalo, devia ser enastrado de gardênias e cravos.

Quando entrei do ar puro da noite para o ambiente morno da casa, logo senti-me envolvido no cheiro acre das fumigações e dos ácidos e, aturdido, estonteado, segui pela penumbra silenciosa da sala, com o gás em chama de vigília, atravessei o corredor, subi a escada até os meus aposentos com a impressão de ir caminhando ao longo da galeria funerária de um jazigo.

Era o cheiro anunciador da Morte que impregnava toda a casa.

A minha saleta, apesar da janela aberta, tresandava. Era o "olor" misterioso a combater os remanescentes da Morte. Tremenda batalha dos tóxicos contra as infinitesimais: cada átomo era um campo.

Em toda a parte, a luta encarniçava-se.

Despindo-me, com todo o gás aceso, eu sentia, em torno de mim, a rija peleja. Imaginava a exalação daquele cadáver desenvolvendo-se, tomando toda a casa, invadindo-a canto por canto, a envenenar o ar, a água, a luz, todas as essências da Vida, mas, ao mesmo tempo, o cheiro acético, que parecia espicaçar o olfato, tranquilizava-me com o pensamento extravagante de que, se os princípios letais, penetrando-me no hálito, levavam a ruína ao meu íntimo, em pós deles precipitavam-se os adversários armados e no cheiro irritante que me alfinetava a pituíta, eu sentia as suas invisíveis lanças, as suas espadas, vibrando estocadas e golpes, ferindo de gume e de ponta, sem deixar um só vivo, um só! Que seria bastante para devastar-me o corpo frágil.

Deitei-me. Na escuridão, porém, renhiu-se, ainda mais, a refrega e, no estado alucinatório em que fiquei, agravou-se a sinistra fantasia do meu delírio pávido.

Ante meus olhos, em roldões mais negros do que a treva, passavam atropeladas falanges e um ruído, como de respiração ansiosa, era o estrondo da pugna retravada.

Pruridos fervilhavam-se no corpo — eram eles, os inimigos. Por vezes o peito abafava-me como se sobre ele pesasse um tampo de ferro — era a passagem das hordas acirradas.

Ardiam-me os olhos, os meus ouvidos atroavam.

Horrenda, formidanda batalha! E assim devia ser em toda a casa, no ambiente e nas mais fundas taliscas e, a todos os pontos em que se alapardavam traiçoeiramente os invisíveis esperando o momento oportuno para o assalto, lá ia o bafio, como o hálito intensivo da Vida, afuroando, devastando a Morte.

Adormeci em sono pesado debatendo-me no horror de angustioso pesadelo. A morta apareceu-me imensa e lívida, como iluminada por uma aureola de fogos fátuos, nua, de pé sobre escabroso e árido penhasco, escarapelando o corpo às unhadas, a lançar de si para a terra tassalhos de carne, borrifos de sangue, mechas de cabelos, os dentes, as unhas e onde quer que caísse uma de tais parcelas logo, instantaneamente, a vida cessava.

Homens, aos milhares, inclinavam-se, abatiam em silêncio trágico como ervagem talada em campo maduro; árvores mirravam; águas límpidas de córregos vivazes enegreciam em rebalso; pássaros colhiam as asas e rolavam dos ares, mortos.

Por fim, num arremesso do espectro, o céu ensanguentou-se de coalhos e logo as estrelas fulgidas apagaram-se.

Então o esqueleto esburgado pôs-se a mover-se frenético, boleando, tripudiando; arrojou-se da fraga sobre a mortalha e, acalcanhando-a em triunfo, dançava e crescia desmesuradamente, enchendo todo o espaço até que não houve mais que a ossaria avassalando céus e terras e, lá em cima, onde as costelas eram como imensos arco-íris, o crâneo tábido, descomunal, com dois olhos opacos rolando nas órbitas, como astros mortos — cadáveres do sol e da lua, oscilando e ainda alumiando nos últimos vasquejos.

Acordei aflito, alagado em suor de agonia, e, lançando-me do leito, fiquei de pé no meio do quarto espavorido e ansiado e ainda o cheiro hediondo pairava astrito, tornando o ar híspido, como espinhoso.

Já se desfaziam as sombras da noite dissolvendo-se nas cores risonhas da alvorada. Saí á saleta e, recebendo em pleno rosto a bafagem sadia da manhã, respirei a haustos largos, sofregamente, como se houvesse emergido à tona, depois de longo, asfixiante mergulho.

Debrucei-me à janela gozando a maravilhosa apoteose do alvorecer.

O céu, com os vários matizes d'alva, desde a púrpura, em frouxéis, até o broslado de ouro, acendia-se em cariz resplandecente como se uma tela imensa, de fogo, viesse lentamente subindo, sobrepondo-se ao azul suave que desmaiava.

As árvores meneavam-se em lânguidos requebros, rufiando os ramos e pareciam compor-se garridamente para receber o sol. As folhas, à luz branda que se esparzia em rorejo de ouro, espalmavam-se com ânsia avara.

De todas as franças, dentre os copados galhos partiam aves alígeras e eram chilras, trilos alegres e os voos cruzavam-se em festival aéreo, à medida que o céu, mais claro, aquecia-se com o Sol que se levantava triunfante.

Desci ao banheiro e, para conjurar as impressões funéreas, decidi trabalhar todo o dia, abrindo largamente as portas do "sonho" que eu ali tinha, à mão, e refugiando-me nele como entre as árvores floridas de uma selva de encanto.

E abanquei diante do manuscrito de James quando o primeiro raio de sol entrava, em frecha, pela janela aberta.

VI

Os poetas não mentem quando afirmam que os seres sobrenaturais aspiram, com ânsia, a vida contingente dos efêmeros.

A ondina, ao sombrear da tarde, surge à tona d'água e queda no açucenal flutuante à espreita do viador. Se o avista, seja fidalgo airoso ou rude zagal maltrapilho, exalta-se, estua-lhe, com o pulsar do desejo, o colo túrgido, acendem-se-lhe os olhos verdes, tingem-se-lhe de rosa as faces alvas e, quando o vê perto, saltando alígera sobre as alpondras, passando ligeira entre as ramagens densas, rompe esbelta na veiga e de pé, arqueando o busto em atitude imponente, afastando para as costas os cabelos gotejantes, mostra-se-lhe toda nua, invida-o com voz lânguida, sedu-lo com lascivo gesto e, se o colhe às mãos, abraça-se com desespero nele, cinge-o voluptuosamente à sua carne e, colando-lhe à boca os lábios frios, suga-lhe a vida em beijos.

É porque lhe faltam amantes no límpido retiro que sai a buscá-los na terra? Que respondam as moças aldeãs que não se arriscam, depois do toque de acolher, a abeirar-se do rio para que as não traia o ondino que se agacha nas ervas das margens úmidas.

As fadas, a cujo prestígio toda a natureza obedece, refogem, com aborrecimento, ao amor dos gênios. É vê-las ao luar friíssimo, errando voláteis na bruma, bailando em ronda à volta dos lagos, cantando e tangendo instrumentos sutis.

Desejam os amores ardentes da terra e atraem, com sortilégios, os seres mortais, buscando neles o que não encontram nos silfos e nos elfos, a volúpia que enerva, a volúpia irmã da Morte, mais violenta do que o frio e infecundo amor dos imortais.

Sempre o oposto é preferido — o desejo é ave solta e caprichosa que voa para o contraste.

Quanta vez, olhando do alto da torre esplêndida, onde todos os gozos me cercavam, eu invejava a sorte triste do pastorinho que passava no vale, embiocado no gabão puído, pisando a neve, na áspera trilha que levava à granja ou à arribana misérrima, descolmada e sem lume?

Afeito ao prodígio, já me não causavam surpresa os lances mais extraordinários da minha vida cativa.

Ver, como vi, no esmaecer dum crepúsculo, sombra imensa dum pássaro cujas plumas irradiavam; vê-lo investir de arremesso à ogiva, inflamá-la com a poupa em chama, raspar-lhe os vidrais com as garras de ouro e abalar estrepitosamente, deixando no espaço um rastro de lume, foi, para mim, espetáculo tão vulgar como o jorrar das gárgulas nos dias de chuva. Mais me distraía e enlevava o voo lento dos patos bravos, que subiam dos lagos em bandos e desapareciam por traz das colinas, destacando-se, um momento, em pontos negros, sobre o fundo esbraseado do ocaso.

Que eram maravilhas para quem nelas vivia, se os meus dias e as minhas noites foram sempre um continuado prodígio?

Assim, a primeira impressão que tive ao passar da câmara ao salão, cujas janelas, largamente abertas, respirando um ar puro e fresco, recebiam o sol alegre e o perfume dos prados florescidos e davam aos olhos a delícia da contemplação do céu azul a que se sobrepunha, em relevo, o recorte dos montes, foi apenas de gozo, logo porém, recordando a véspera de agreste invernia, noite de vento e neve, e lembrando-me da aparição lúgubre que me tomara o passo, estremeci.

Como se fundira em horas a espessa nevada? Como abonançara em brisa afagante o desabrido vento? Como se refizera o arvoredo esmarrido que lá fora boleava a coma, toda enfolhada e em flor? Como do inverno estéril passaram, no correr dum sono, para a beleza e o viço da primavera céus e terra?

Olhava, enleado, quando ouvi passos e logo senti o aroma adorado de Maya. Voltei-me: era ela. Sorria, linda *com uma rosa ao colo e à cinta, graciosamente posto, um molho de cravos amarelos.* Interroguei-a sobre a transição que, tão rápida, se efetuara e ela disse serenamente:

— *Se houve prodígio, esse foi o vosso sono de três meses. Adormecestes quando ainda os corvos esgaravatavam a neve. Vieram as primeiras andorinhas e encontraram-vos dormindo. A voz da cotovia não vos despertou, nem o rouxinol, trilando nos balseiros, conseguiu tirar-vos do letargo em que caístes. Campos e outeiros reverdeciam, árvores e sebes cobriam-se de flores, derivavam ligeiros, com pressa festiva, os ribeiros que havíeis deixado retransidos. Enxames de abelhas invadiam os aposentos, borboletas acatasoladas vinham adejar em torno do vosso leito e...dormíeis. Três meses longos dormistes.*

— *E por que durou tanto o meu sono?*

— *Porque descobristes a face da Morte.* Estas palavras, pronunciadas em tom misterioso, deixaram-me aturdido e afluiu-me à memoria, sem omissão de minúcia, toda a cena da minha última noite — a peregrinação receosa através das salas fulgentes, o funéreo e pavoroso espetáculo do esquife, o cadáver de Arhat, a aparição à entrada dos meus aposentos.

Arrepiado, sentindo um frio agudo como de ferro que me traspassasse o peito, hirto, quase sem voz, perguntei pelo estranho homem.

— Espera-vos — disse a donzela, fitando em mim, com tristeza, os olhos que se anuviavam. — Vinde comigo e despedido de tudo que vos cerca e de mim, que vos amo, porque nunca mais tornareis a ver o que ides deixar. Vai abrir-se o casulo à borboleta livre. Ides conhecer o que almejais. Vinde! — e, sem mais palavra, adiantou-se lesta, atravessou a porta, seguiu pela galeria, desceu a longa e retorcida escada e eu em pós dela.

Embaixo, no pátio dos ídolos, deteve-se, estendeu-me a mão fria e os seus olhos lindos — que ainda alumiam minha alma como as estrelas mortas brilham no fundo do céu — pareciam diluir-se em lágrimas.

Um momento as nossas mãos unidas apertaram-se.

Olhávamo-nos em silêncio, mas um vulto apareceu entre as heras que recobriam a ogiva da portaria de pedras e bronze e eu nele reconheci Arhat, em cuja mão oscilava, em haste longa, um lírio de alvura incomparável.

Estremeci. A um aceno imperativo do homem dominador deixei as mãos frias e trêmulas de Maya e segui submisso na direção do prestígio.

Lado a lado caminhámos.

O parque resplandecia em pleno sol, reviçava em todos os seus meandrosp: o perfume subia com exalação suave, impregnando o ar.

Vaidosamente, narcisando-se, com a matizada cauda aberta em fúlgido flabelo, pavões jaziam imóveis à beira do lago onde airosos cisnes alvos, palmilhando as águas lentamente, deslizavam serenos como se os levasse a brisa.

Faisões alavam-se de ramo a ramo com um lampejo das penas iriadas; e daqui, dali, de alhures cruzando o voo, eram aves cuja plumagem vária coruscava, borboletas, abelhas, todos os seres alados gozando a luz sob a poeira vívida do sol, como num batismo ardente de fecundidade.

Arhat caminhava abstraindo o olhar em arroubo. A espaços, aspirava o lírio a sorvos sôfregos e longos.

Ainda que seguíssemos por um caminho areado, donde os meus passos tiravam crepitações, o andar do Mestre era silencioso e um momento como ficássemos ombro a ombro, não lhe senti o corpo, mas um brando, agradável calor como de raio de sol a que me chegasse; sombra, só uma, fronteira a mim, enegrecia a terra; do lado de Arhat, precedendo-o, luzia uma claridade e em torno dele as folhas resplandeciam como fulgor misterioso.

Atravessamos vagarosamente uma recolhida alameda cujo saibro micante cintilava e chegamos à clareira onde a erva fina alastrava em alcatifa tão aveludada que andar por ela era pura delícia.

Não raro, por entre as ramas, dois grandes olhos, úmidos e meigos, espreitavam-nos: algum antílope ou corça.

Os galhos ringiam em alor mole, à aragem, e um cheiro acre, silvestre, picava o ambiente como o perfumoso hálito das árvores sadias.

Não havia vivalma, só os animais gozavam a beleza daquela manhã fulgurante no viçor do parque cujos aspectos variavam, à medida que avançávamos, deixando a um e a outro lado profundezas sombrias de bosques ou lisuras vastas de chãs, lagos espelhentos ou levadias de águas espumantes acachoando em pedras eriçadas de ervas, um colmaço ou uma gruta, boscarejos ou suaves boleios de colinas de tão macia relva sob o matiz das flores que nelas, ao primeiro lance de olhos, logo se sentia o trabalho, o cuidado caprichoso do homem.

Bandos de veadinhos vingavam às sebes, atravessavam as veredas aos pinchos atropelando-se e eram ruflos de asas em abalada arisca, galreios de aves alarmadas, voos de insetos, farfalhos das versas sob o coleio dos lezardos e longe, à sombra de ramalhoso carvalho, repousavam cervos ruminando e um à frente, a cabeça firme e altaneira, olhava hostil como se nos espiasse os passos, pronto a investir em defesa da tribo de que parecia o chefe poderoso.

Mas Arhat prosseguia e eu, sem ânimo de falar, ia-lhe na trilha, preocupado, senão medroso, a imaginar absurdos.

Avizinhando-nos de uma fonte, que murmurava escondida entre mimosas plantas, úmidas do rorejo contínuo, ele deteve-se de olhos em terra, quieto, a cabeça pendida em pensamento.

Ao cabo de um instante voltou-se encarando comigo, acenou para que me sentasse em uma pedra, sentando-se em outra e, depois de aspirar o lírio, disse:

— "Uma tarde — eu então residia em um subúrbio de Londres — era no começo do inverno, a noite descia cedo — estudava solitário quando ouvi um vozeirar na rua, exclamações aterradas, gritos espavoridos. Precipitei-me para a janela e, abrindo-a, vi no lodo negro, a que se juntavam golfões de sangue, dois corpos escabujando.

Um carrejão desaparecia em disparada fuga, perseguido pelo clamor público e, como era a hora da saída das fábricas e das oficinas, em pouco tempo formou-se densa multidão no lugar do desastre.

Tinha em minha companhia um colosso tibetano que me servia com dedicação e culto. Chamei-o e, mostrando-lhe os cadáveres, ordenei que os trouxesse. Não sei como se houve, mas não gastou no ir e vir mais que o tempo necessário à corrida.

Recolhi com os despojos ao meu gabinete de estudo e, examinando atentamente os corpos, reconheci que um era de menino, a esse a cabeça ficara em pasta informe; o outro, de menina, tinha o peito esmagado: era uma massa de carne espontada de astilhas de ossos, sangrando a jorros.

Valendo-me das noções que possuo da Magna Ciência,[30] como ainda encontrasse vestígios, ou melhor, manifestações da presença dos sete principias, retive a força de jiva, ou princípio vital, fazendo com que ele atraísse os restantes que circulavam, em aura, em torno da carne e, com a pressa que urgia, aproveitei dos corpos o que não fora atingido. Tomando a cabeça da menina e adaptando-a ao corpo do menino, restabeleci a circulação, reavivei os fluidos e assim, retendo os princípios, desde o Athma,[31] que é a própria essência divina, refiz uma vida, em um corpo de homem, que és tu."

Tão estranha revelação feita em tom sereno, com a simplicidade de uma conversa natural, abalou-me de tal modo que me senti como esvaído e em trevas, mas um aroma sutil, penetrando-me docemente, restituiu-me o alento. Reabri os olhos: Arhat estava a meu lado inclinando sobre o meu rosto o lírio cujo perfume deliciava-me.

---

30. Refere-se ao conhecimento de uma série de crenças e práticas como o misticismo, certas práticas yógicas, teosofia, milagres, mesmerismo, e magia branca ou negra (Sahoo).
31. *Átma* é o termo usado no hinduísmo para *alma* (espírito, ou consciência) e princípio de vida ("sopro"). A alma individual é semelhante à alma universal (Brama). No hinduísmo também significa aquilo que é imutável, indivisível e eterno, a verdadeira natureza das coisas. O conceito geralmente usado de "Eu Superior", "Ser Espiritual", que está para além do corpo e da mente, aproxima-se ao de *Átma* ("Átma").

— "*Ouve*" — *continuou.* — "*O mistério não o direi, está escrito: aqui o tens:*" — *Curvou-se e, apartando as folhagens que galeavam a fonte, apanhou uma caixa de cedro laminada de prata, abriu-a e tirou um livro que me entregou.*

— "*Eu pretendia dar-te o conhecimento do que se acha exposto neste volume, que é a tua Bíblia, precipitaste o meu trânsito com a curiosidade, tive de volver em "aura" do Além para acudir ao corpo, que ainda era meu e que profanaste com o olhar imprudente.*

O teu castigo foi benigno: três meses nas prisões da Morte, mas o que perdeste é inestimável. A mim beneficiaste aligeirando as horas da grande e definitiva Renúncia.

Antes que o sol toque o pino do céu ter-me-ei libertado deste passo de angústia integrando-me no Athma. Sendo o corpo terra, que é a vida mais do que uma prisão em sepulcro? Abreviaste a hora da minha ascensão.

A vida é uma sequência de atividade e inércia, um colar em que se intercalam contas negras e luminosas, dias e noites. Cada noite que escoa faz-te entrar em nova manhã. As reencarnações são grandes dias em que nos purificamos, passamos de um a outro pela sombra da morte, que é a noite ao termo da qual esplende a alvorada. O dia sem fim, luz a pino, claro e sereno e infinito dia, esse só alvorece depois de completar-se o ciclo das existências materiais — quando a pureza, por expiação, tornar-se igual à da iniciação — quando a candura da anciania se iguale à candura do berço.

Do sono que dormes passas para a manhã com a memória, que é a consciência do passado: a morte, que é um sono mais longo, apaga esse vestígio da vida, de sorte que, nas reencarnações, há vagas reminiscências, certeza não pode haver: perduram estigmas, mas a lembrança esvai-se."

Aspirou o lírio longamente e prosseguiu: — "Está por pouco o meu degredo, devo, portanto, ser breve e tão claro quanto me permita a palavra. Tens neste livro toda a tua vida, mas o ideograma em que foi escrito só poderá ser decifrado por alguém que haja atingido a perfeição.

Se conseguires descobrir uma inteligência privilegiada que interprete os símbolos, serás no mundo como um anjo entre os homens, senhor de todas as graças, de todo o prestígio, uma vontade soberana em espírita maravilhoso: se, porém, não obtiveres a chave do arcano, ai de ti!"

Pôs a fito em meu rosto os olhos agudíssimos, e largo tempo, esteve a contemplar-me. Imóvel, só o lírio balanceava em sua mão em ritmo de pêndulo.

Após um instante continuou: "Na mesma noite em que consegui realizar a conjunção dos dois corpos, que eram da Morte e que reintegrei na Vida, cedendo à terra o *tributo que lhe cabia, porque os tassalhos foram sepultados pelo meu servo fiel, deixei a casa, vindo habitar este antigo castelo onde, à custa da minha própria essência, com prejuízo da minha energia, fui alimentando a vida que hoje tens, dando-te o meu fluido com o mesmo amoroso desinteresse com que a ave maternal encrava as garras no peito, esborcina a chaga a bicadas, fazendo rebentar o sangue com que ciba o ninho.*

És verdadeiramente o filho da minha alma.

Logo, porém, que te firmaste na vida, assaltou-me uma dúvida incoercível sobre a alma que devia influir na tua existência, imprimindo-lhe a feição moral.

Duas erravam em volta dos destroços da carne, obedecendo ao prestígio do Karma, que é a força da integração; uma só, porém, havia de prevalecer visto como das duas vidas independentes, uma apenas podia subsistir. Desde que se manifestaram no corpo refeito os indícios da ação dos sete princípios que agem sobre a matéria, estava evidentemente provada a existência de uma alma. Qual delas seria a vitoriosa — a do menino ou a da menina?

Todas as minhas tentativas atinentes à descoberta desse mistério faliram. Velei noites longas, perdi largos e seguidos dias inclinado sobre o teu berço, lançando inculcas em vão. Os meus sentidos aguçaram-se de balde, e que poderia eu obter da inércia psíquica de um infante? Dorka, que te acompanhou desde as primeiras horas, atenta, com a solicitude de sacerdotisa à voz de um oráculo, morreu na incerteza, sem conseguir sequer um indício que lhe desse ansa à mais leve suspeita.

Insisti pondo a teu lado os dois sexos, procurando exemplares os mais perfeitos da beleza e da graça, da flexibilidade e do aprumo, da meiguice e do garbo, da frágil candura que se entrega e da força altaneira que domina: Siva e Maya. Vendo-os, convenci-me de que a alma que te assiste, qualquer que ela fosse, trairia a sua natureza inclinando-se ao contato.

Oscilava em afeição efêmera, em caprichos mais de estesia do que propriamente de amor. Nunca demonstraste predileção e a carne conservou-se impassível na presença quer de um quer de outra, ainda que o olhar, por vezes, se exaltasse apenas admirando, extasiado na beleza, com o mesmo enlevo com que se embebia na paisagem ou nas cores vivas do céu ao dealbar e à tarde.

No teu rosto acentuava-se a mais e mais a beleza feminina, mas o corpo robustecia-se em másculo vigor e o coração mantinha-se sempre mudo, inerte, indiferente a ouro fio entre os dois sexos que se emparelhavam, disputando-o.

Talvez só agora se te defina o ser. Entraste na puberdade que é a sazão em que a alma desabotoa, revelando-se amorosa, acendendo na carne os fogos da volúpia.

Se em ti predominar o feminino que transluz na beleza do teu rosto, o rosto de tua irmã, serás um monstro: se vencer o espírito do homem, como faz acreditar o vigor dos teus músculos, serás como ímã de lascívia: mas infeliz serás como ainda não houve outro no mundo se as duas almas que pairavam sobre a carne rediviva lograram insinuar-se nela.

O Linga-sharira,[32] ou corpo astral, 'aura' ambiente, que circula, em auréola, em torno da cabeça, é o último princípio que abandona o corpo e a tua cabeça é feminina. Será o coração viril?

Desventurado de ti se os dois principias conseguiram penetrar-te — a discórdia andará contigo como a sombra acompanha o corpo. Amando, terás ciúme e nojo de ti mesmo. Serás uma anomalia incoerente: querendo com o coração e detestando com a cabeça e vice-versa. A tua mão direita declarará guerra à sinistra, uma das tuas faces incendiar-se-á de vergonha e asco quando a outra infla-

---

32. Linga Sharira ou duplo etérico, designa, na teosofia, o 2º princípio na constituição setenária do homem, que é levemente mais etéreo que o corpo físico. Segundo a teosofia, ele permeia todo o corpo humano, sendo um molde de todos os órgãos, artérias, e nervos ("Linga sharira").

mar-se no pudor que é a florescência do desejo. Viverás entre dois inimigos encarniçados.

Ai de ti!...Dize: onde te leva o coração? Que reclamam os teus sentidos? Onde se demoram, com mais encanto, os teus olhos enevoados de sonho?"

Encarou comigo interrogativamente e, como não obtivesse palavra do meu silêncio aterrado, estremeceu e houve um relâmpago cerúleo como se uma grande ametista houvesse instantaneamente eclipsado o sol.

— "É tarde!" — suspirou por fim, e disse com melancolia: — "O lírio começa a esmaecer e pende. É a vida que se esvai!

Eu carecia de um corpo que me servisse de apoio como a ave precisa de um galho para pousar, escolhi a flor e a flor fenece."

Efetivamente o lírio inclinava-se lânguido, e dobrava-se na haste mole, amarelecendo, e Arhat, como para aproveitar os últimos instantes, precipitava as palavras pronunciando-as punitivamente:

— "Adeus! Preveni tudo para que não sofresses. Sofrimento basta o que em ti trazes. Hás de encontrar quem te guie os primeiros passos fora do teu paraíso. A fortuna que te lego garante-te os gozos da vida e o servilismo dos homens. Vê-los-ás curvarem-se ante ti como um campo de trigo ao vento e passarás calcando os preconceitos e as convenções, a honra, o amor, a justiça e as leis, a força e o brio, a inocência e a miséria e, longe de bradarem contra o opróbrio, os nobres, os honestos, os puros, os esposos ultrajados, as virgens infamadas, os juízes, os patriotas convertidos à infâmia pelo teu suborno bendirão a afronta e tanto mais apregoarão a tua virtude quanto mais os atascares no lameiro de ouro.

O ouro vil! Faze com ele o que faz o sol com a chama: luz, claridade, calor, vida. O ouro da mina é o verdadeiro fogo da região maldita, fá-lo tu sol, luz celeste aplicando-o ao bem. Sê bom.

Uma moeda é a roda que leva a toda a infâmia e à salvação: posta à beira do abismo precipita-se, atirada ao céu é astro. Sê bom.

Vai e procura pela terra vasta quem te dê a chave do segredo que encerra o livro místico. Agora segue-me. Quero deixar-te onde convém que fiques para que te encontre o teu guia."

Adiantou-se, tomou a frente e eu vi que, à medida que se afastava, ia com ele o clarão que iluminava o bosque, onde baixavam sombras e o frio das tardes invernais.

A luz deslocava-se acompanhando o homem como se dele irradiasse e, sucedendo passarmos junto de uma acácia florida, ao meneio dos ramos acenosos, entrou a árvore a esparzir toda a riqueza dos seus corimbos e as flores, caindo sobre o Mestre, passavam-lhe em chuva de ouro através do corpo e assim borboletas e abelhas, e todas resplandeciam como o pólen acre quando entra na zona de um raio de sol.

Não era o seu corpo empeço à visão da paisagem que toda se me mostrava através dele como vista por um vitral dourado. Os ramos iluminavam-se ao clarão do seu peito, os seus pés eram dois esplendores que faziam rebrilhar o saibro, as suas mãos refrangiam raios iriados clareando os arbustos sobre que pairavam.

Diáfano e luminoso, achegando-se a mim, deu-me apenas uma sensação suave de calor. Por vezes confundia-se comigo ou eu entrava por ele e sentia-me como em pleno sol e a minha sombra desaparecia na terra.

O lírio murchava. Arhat, taciturno, parecia flutuar em arejo — seus pés juntos, imóveis, nem roçavam o solo e direito, inflexível, a cabeça ereta e fulgurante, seguia a meu lado como um ser etéreo que se libertava do que nele havia de humano, adquirido na Humanidade, alijando dos olhos fitos, pela face esplêndida, lágrimas grossas que rolavam, luziam diamantinas, caíam na areia ou na relva e ficavam brilhando.

Chegamos a uma clareira. Ele fez com o braço hirto um gesto lampejante indicando-me um caminho revolto, por onde segui curvando-me como a uma ameaça.

A poucos passos andados todo me arrepiei ouvindo um longo, arrancado suspiro — uma força reteve-me: voltei-me e, maravilhado, estarrecido, vi o vulto luminoso do

Mestre que se elevava em lenta ascensão e esmaecia, a pouco e pouco esvaía-se — apenas uma tremulina translúcida, como a exalação da terra calcinada nas horas mais estivas, pairava, mas volatilizando-se, subtilizando-se, de todo sumiu. O lírio apenas, solitário, ficou suspenso no ar, a oscilar de leve. Súbito, como ave ferida, precipitou-se e, tocando em terra, desfez-se.

Instantaneamente vibraram em concerto trilos e rouxinoleios de aves, os cervos bramaram árdegos entre as carvalheiras sombrias e o ar tornou-se aromalíssimo.

Quanto a mim, foi como se me houvessem cegado, amordaçado, tolhido. Mergulhei em trevas abruptas, sem fôlego, paralisado, sentindo-me atordoar por uma zoada soturna como se me houvessem adaptado uma concha aos ouvidos ou jazesse prisioneiro nas galerias ecoantes e tenebrosas duma catacumba. Que houve? Não sei.

Quando dei acordo de mim, atravessava, em sege, a trote largo, uma estrada lisa e branca, entre sebes floridas e cottages agasalhados em sombras de árvores.

A tarde macia era todo aroma; e no ar quieto, a espaços, cantava um sino religioso. Andorinhas esvoaçavam e sob a névoa azulada os campos adormeciam.

Diante de mim, imóvel e grave, um homem louro, de suíças ralas, conservava sobre os joelhos uma caixa na qual imediatamente reconheci o estojo do livro do meu destino.

Ocorreram-me, de pronto, como se estivessem atentas na memoria à espera do meu apelo, as palavras de Arhat: "Quero deixar-te onde convém que fiques, para que te encontre o teu guia."

Assim era aquele o homem que me devia, com segurança, introduzir no mundo que já se me afigurava complicado e hostil.

Como em resposta à interrogação do meu olhar, inclinou de leve a cabeça e murmurou: "Sullivan". Era o seu nome e logo, como para aliviar-se de um peso incômodo, tirou do bolso uma atochada carteira de couro negro e entregou-me, explicando: "Sobre o Banco de Inglaterra". Milhões, a fortuna de Arhat.

E, até Londres, onde chegamos com a noite, não trocamos mais palavra.

Descemos no Hotel dos embaixadores, onde já nos esperavam com os mais amplos aposentos alfaiados suntuosamente. E começou para mim a vida real.

Comparando-a, nos meus concentrados e saudosos silêncios, com a que eu deixara para o todo sempre, pareceu-me mais extraordinária e prodigiosa.

Os meus dias no solar perdido discorriam dormentes com a monotonia com que rolam as águas de um rio claro, formoso, mas sempre, invariavelmente sereno, com o mesmo choroso murmúrio, com as mesmas cândidas flores carreadas no curso, as mesmas verdes ramas retratando-se-lhe na superfície lisa e no turbilhão em que eu me precipitara, as surpresas sucediam-se com os minutos.

 Os quatro primeiros dias da minha nova existência foram, a bem dizer, mais cheios do que os quietos dezoito anos jazidos no solar merencório do vale triste.

 Sullivan tudo mostrou-me: o fausto mais imponente e a miséria mais comovedora e sórdida.

 Vi cortejos de príncipes e levas de galés, uns e outros entre armas. Ouvi coros em catedrais, vastas como cidades, e ouviu arquejo dos bateleiros que cruzam o rio, o canto triste dos operários à volta das oficinas. Ouvi tinir o ouro e o ferro. Percorri a cidade e as suas entranhas — ora à flor da terra, podendo olhar o céu, ora em subterrâneos com uma abóbada de túmulo pesando-me sobre o peito. E vi, com verdadeiro assombro e revoltada piedade, a máquina, vencedora do homem, a máquina a fazer miséria, a triturar o pobre para locupletar o rico: a máquina que vai relegando o esforço, como a pólvora inutilizou a bravura.

 A água, o fogo, a centelha etérea, todas a forças puras combinavam-se para o crime, roubando o pão ao pobre, despindo-o, tomando-lhe o lar, lançando-o na estrada tão nu e tão desprovido como na hora amargurada do nascimento.

 Visitei fábricas e oficinas e comovi-me diante dos engenhos desumanos que, assim com o arado, revolvendo, sulcando a terra, mata as ervas humildes para que a seara do pão cresça sem parasitas, assim vão eles desalojando os fracos em benefício dos fortes. Tudo vi.

Saíamos dos squares opulentos e chafurdávamos nas vielas nojosas onde vermina um povo lúgubre, espectral, doloroso: homens, mulheres, crianças arrepanhando farrapos imundos à nudez macilenta, estendendo a mão descarnada, cercando-nos, a alrotar pedidos, investindo com feição sinistra ou rastejando, a chorar.

Seres hediondos que desbordavam das baiucas lôbregas, uns esquálidos, tiritando de febre, outros dum roxo apoplético, cambaleando ébrios, rouquejando torpezas ou vociferando pragas; pequenitas impúberes, esfarrapadas, que nos tomavam pelo braço com cinismo devasso — crianças que não conheceram a inocência — esbagaçando os peitos esqueléticos, quebrando concupiscentemente os olhos lânguidos, mordicando com descaro os beiços lívidos.

Fugíamos acossados pelos maltrapidos e, em breve, emergíamos no esplendor da cidade.

Ficava-me na alma, de tais visões, um saibo amargo. E só verdadeiramente compreendi o sobrenatural.

O "natural" devia ser a vida feliz que eu levara junto do Mestre, servido por todas as forças maravilhosas do céu e da terra, atendido em todos os meus desejos, consolado nos meus pesares, acoberto do frio, defendido do sol, *forte e sadio e vendo, à volta de mim, no mais agro inverno, as flores abrolhando, os frutos amadurecendo e ouvindo, deliciado, o canto meigo dos passarinhos. O natural lá ficara com os encantamentos, com os prodígios realçados pela Bondade.*

O sobrenatural só então me aparecia à sombra dos templos de Deus, aos pés esmagadores da inflexível Justiça: era aquilo — uma balança com as duas conchas opostas: em uma, pesando, para guindar a outra à felicidade, a miséria, lágrimas, só lágrimas. O sobrenatural era aquilo.

No vasto salão do hotel, ao fulgor ofuscante das luzes que se reproduziam nos tremós e lampejavam nos mármores, por entre as mesas floridas onde a baixela fulgia e os cristais chispavam, era incessante a afluência: homens, trajando a rigor, com grandes rosas à botoeira, mulheres em decotes que lhes despiam esgargaladamente o colo e o dorso. Uma orquestra oculta executava com suavidade.

Sullivan, sempre impassível, era indiferente ao atabalhoo que me aturdia e enervava.

Lá fora, à noite, o barbarizo crescia através de um rumor contínuo e escachoante. A todo o momento, no falario alegre, por entre risos casquinados detonavam garrafas.

Era a hora abundante do regalo — o ouro fundia-se em gozo. E no square os carros passavam por entre alas de miseráveis que esmolavam, corriam com a pureza ao vicio ou espreitavam o momento oportuno do furto ou do assalto violento, à mão armada, na sombra.

Sullivan, mal terminávamos o jantar melancólico, convidava-me para os "divertimentos da noite". Íamos aos teatros, às salas de concerto, aos circos colossais, aos cafés eróticos. Eu seguia-o arrastado. No primeiro instante tudo me deslumbrava, mas a admiração dissolvia-se em tédio como a poeira que o vento levanta da estrada e, um momento, ondula, brilha dourada ao sol e logo recai no chão.

O silêncio atraía-me. Um tímido, irritado vexame fazia-me recuar, fugir à vista afrontosa dos curiosos, notando despudor aviltante na insistência maliciosa com que me encaravam os homens, impudência lúbrica no êxtase das mulheres que punham os olhos a fito no meu rosto, com escândalo.

Vi o orgiar noturno, o estadeio do vício sob todas as formas: na libertinagem solta em que se rojavam mulheres e mancebos, na ebriez despeiada, na tavolagem infrene e depois, pela treva silente, em passos que chapinhavam, vultos trôpegos fariscando, revolvendo entulhos, disputando aos cães o dejeto das copas.

Recolhendo ao hotel com o coração eivado de tristeza, não conseguia conciliar o sono e debruçava-me ao balcão contemplando a cidade vasta, esplêndida de luzes, cuja miséria eu surpreendera em toda a hediondez e ficava-me a pensar no horror daquele corpo ulcerado, resplandecendo sob as arrecadas de luz como podridão que se resolvesse em centelhas, uma imensa carniça exalando o luminoso miasma do fogo fátuo.

O sobrenatural!

Iam-se-me as preocupações sempre que meus olhos encontravam o livro estranho. Então, recordando as palavras de Arhat, concentrava a atenção nos símbolos buscando esvurmar-lhes o segredo, interrogando-os com ânsia desesperada.

Quantas vezes adormeci sobre as páginas impenetráveis!

Um dia resolvi consultar os mais apregoados sábios que se diziam conhecedores da Ciência velada e, durante meses, andei por palácios e mansardas com o livro selado, ouvindo notabilidades e modestos investigadores e todos devolviam-me ao horror em que vivo agravando-o ainda mais com as suas palavras, que me levavam toda a esperança.

Sullivan, apesar dos modos graves, da severa aparência de austeridade, só se comprazia nos prazeres mundanos e, todas as manhãs, ainda que eu não tivesse relações na cidade, trazia-me volumosa correspondência e eu, abrindo, ao acaso, as cartas, lia convites para festas, queixas de misérias, propostas lúbricas, requestas de manejadores de ouro e as mãos saíam-me daquela papelada como úmidas de lágrimas e maculadas de lodo.

Sullivan não dizia palavra, mas sorria às seduções que me assediavam, eu sentia-lhe o incentivo com que me impelia às torpezas repugnantes.

Um dia, enojado do homem material que se me apegara à vida e ardendo mais intensamente na ânsia de conhecer o meu destino, decidi sair pelo mundo, peregrinar longamente, percorrer todas as sedes da Antiga Ciência onde, talvez, encontrasse o predestinado que me havia de entregar a chave do arcano.

Despedi o meu guia com um cheque sobre o Banco de Inglaterra que lhe assegurava, à farta, os meios para refocilar no gozo e embarquei, fito ao Oriente. Dois anos, sem repouso de um dia, andei por montes ásperos e brenhas agressivas, perlustrei, de mar a mar, a grande Ásia, visitando os recessos dos contemplativos, consultando sábios e penitentes, saindo da floresta para entrar na dagoba. Aprofundei-me na antiga Tessália agreste. Andei pelas isbas do país da neve; dormi nos lépidos oásis da África arenosa: ouvi sibilas e videntes: conversei os místicos do Norte gelado onde, ao livor dos icebergs, pela algidez das noites brancas, voejam diáfanos espíritos e só encontrei no homem o conhecimento superficial da vida. E minh'alma? Ai de mim!

Foi em Estocolmo que senti a minha desventura, amando pela primeira vez e esse amor...esse amor só podia gerar-se em alma feminina.

Assim...é minha irmã a vitoriosa em mim.
Acolhido carinhosamente na intimidade de uma família nobre, cujo brasão rememora séculos, achei nos jovens representantes dessa casa augusta os melhores amigos que se me têm deparado.
Eram gêmeos e lindos! O amor entrou comigo no coração virginal da donzela; era, porém ao mancebo que minha alma se dedicava, ao mancebo que fizera de mim o confidente do seu amor.
Minha alma debatia-se em ansiedade sôfrega se o não sentia, tanto, porém, que ele aparecia eu exaltava-me em furor violento, odiando-o, detestando-o e execrando a mim mesmo, com asco, como se me sentisse poluído.
As suas confidências pungiam-me acerbamente e cada palavra de ternura com que ele aludia ao seu afeto, doía-me como um dardo que se me cravasse no coração e o nome só da sua noiva era suplício que me excruciava. Pobre de mim!
Ó! Minha alma forte, minha alma viril, onde estarás tu que me não defendes?
Fugia do meigo casal de irmãos, fugia da meiguice, do amor cândido, envergonhado como um torpe e infeliz daquele amor vedado. E, encerrando-me, abria agoniadamente o volume cravando os olhos nos símbolos para tirar deles a Verdade, qualquer que fosse, a solução do prob-

lema terrível da minha alma ou das almas geminadas que se digladiam na arena revolta que é o meu coração mísero. Parti. Desde então o meu viver tornou-se insuportável. O sofrimento encarregou-se da interpretação dos símbolos: sei que sou um desgraçado, aquele de quem disse Arhat: "Infeliz serás como ainda não houve outro no mundo."
Cada flor tem o seu perfume próprio, uma vida não pode obedecer a dois ritmos. Duas almas em luta, sentindo diversamente, inutilizam o instinto que é o princípio da atração.
Um monstro, um monstro que se devora a si mesmo, eis o que sou.
O livro não pode dizer mais — é isto só e é o horror.
Imaginai uma ave que, ao abalar do ninho, sentisse os pés enleados em atilhos de aço e, ansiosa, atraída pelo azul, batesse as asas até morrer exausta. Assim hei de eu acabar no vácuo, voando cativo, nem do céu nem da terra, nem da árvore nem do éter, preso no espaço e no ramo...O absurdo, a incongruência, o inconcebível — sou eu.

VII

A tarde esmorecia lânguida, saturada de aromas, já entristecendo no esvair das cores quando, repelindo a pena trabalhosa, recuei da mesa acurvado, a boca amarga, requeimada do fumo, a cabeça aturdida, arvoada, atroando em reboo de vácuo.

Espírito e corpo ressentiam-se do porfiado trabalho. Amolecidamente recostei-me ao respaldar da cadeira, as pernas estendidas, a cabeça derreada e assim fiquei em esquecido descanso, revendo o sonho em que, desde as primeiras horas da manhã, ligeiramente interrompidas para um sóbrio almoço, tomado às pressas no aposento, até aquele violáceo e merencório crepúsculo, eu andara enlevado, convertendo as palavras rutilas do maravilhoso original de James nos dizeres pálidos e pobres de uma versão mesquinha.

Ainda fumei um distraído cigarro ouvindo o trissar das andorinhas que se abeiravam da casa, os olhos enlevadamente atidos no brilho trêmulo de uma estrelinha solitária que surgira tímida e parecia vexada e receosa de ser a única no imenso deserto do céu, ainda quente do sol, rastreado de laivos de púrpura como a arena sangrenta de um coliseu.

Na vizinhança galravam crianças e era doce e voluptuoso como um esfrolar de sedas o lento farfalho das palmeiras ao sopro da viração.

Sons vagos chegavam indecisamente ondulando de leve no silêncio. Pouco a pouco cresciam, ora confusos, em rumor, ora distintos em melodia, claros, em vibrações airosas, acentuando-se ou esmorecendo como se oscilassem no espaço. Irromperam em estrondo, atroaram abertamente em clangor e uma rajada sonora de metais e tambores abocou em estrépito e foram, de novo, morrendo os sons, deixando no ar místico da tarde e na tranquilidade mansa daquela rua do arrabalde um eco marcial, como ao desfilar de um exército triunfante pela planura sossegada de aldeia pacífica, agasalhada à sombra de arvoredos, embalada, de leve, pela surdina das levadas.

Era uma banda militar que passava em bonde para Botafogo.

Sacudi de arremesso os braços, bocejando escanceladamente e, pondo-me de pé, a vacilar em passos entorpecidos, caminhei até à janela, onde me debrucei em contemplação extática.

As palmeiras pareciam de bronze, ainda lampejavam à última fulguração do sol. Pombos cruzavam-se em voo sereno e o cheiro que subia da terra molhada da rega era fresco e agradável como hálito de saúde.

A campainha soou em baixo para o jantar.

Sentia-me lerdo, sem ânimo de mover-me, preso àquela serenidade, acompanhando, com a curiosidade de um espetáculo novo, o abrolhar das estrelas, o esmaecer das tintas vivas do sol, o lento espraiar da sombra que enegrecia a mais e mais e a mais e mais estrelava-se.

Logo as vozes humildes acordaram na erva rasa — o canto noturno dos pequeninos das luras, os grilos, que fazem no silêncio, em ritmo, como o tique-taque monótono do relógio da treva: e os vagalumes acenderam-se entre as ramas, levando os seus lampejos erradios por todos os cantos obscuros.

O jardineiro raspava o alfanje com um ringir arrepiado e cantava baixinho.

De novo a campainha soou.

Fiz uma ligeira ablução, vesti-me num alquebramento, aborrecido, como se saísse de sono mal dormido e, deixando a saleta, que tresandava a fumo, desci vagarosamente as escadas, sentindo os degraus cederem aos meus passos molemente, maleáveis como de borracha.

Os hóspedes começavam a acercar-se da sala de jantar já iluminada, com a louça alvejando sobre a toalha lisa, por entre frescas flores que coloriam e perfumavam a modéstia da mesa de hóspedes.

Vozes atraíram-me à varanda onde um grupo discutia. O assunto era um telegrama e Péricles, exaltado em patriotismo, com a gravata a esvoaçar em pontas soltas, estrondava hipérboles, rememorando a nossa história épica: batalhas renhidas, feitos de bravura, atos de temeridade e gabava, com desabalados gestos, a resistência e a valentia sem arrogância do caboclo[33] do Norte e o arranque desabrido dos cavalarianos do Sul, a gauchada[34] brava, cuja lança, no arremesso indômito das cargas, leva de vencida aos mais aguerridos quadrados, desbaratando-os no entrevero, aos gritos.[35] E rubro, apoplético, com as veias turgidas e roxas, amarfanhando o jornal em que lera o telegrama, atirou-o violentamente ao chão como se arrojasse, com asco, um guante ferrado aos pés de ribaldo infame.

Riram-se do gesto e ele, mais incendido, esbugalhando os olhos que espirravam áscuas, pôs-se a esmurrar o peito com um som cavo, oferecendo-o às lanças e à metralha dos biltres que ousavam afrontar a Pátria.

---

33. A palavra *caboclo* neste contexto significa um nativo do interior da Amazônia.
34. Em português, *gaúcho* refere-se a um nativo do estado brasileiro do Rio Grande do Sul.
35. O texto aqui provavelmente refere-se à época do século dezenove, um período em que várias províncias procuraram se separar do Império Português. As insurreições explodiram em todo o Brasil—a Cabanagem, a Revolução Farroupilha, a Revolta Sabinada, e a Balaiada. O século dezenove terminou com a Guerra de Canudos, conflitos armados envolvendo o Exército brasileiro e os moradores no Arraial de Canudos ("; revoltas regenciais"; "Guerra").

— Se houver guerra deixo tudo e alisto-me. Não, que o meu patriotismo não é de boca...

— É de chapa — contraveio brejeiramente Basílio, com as belfas a tremerem de riso. Péricles engasgou, cravando os olhos fuzilantes no guarda-livros, cuja face gorda e balofa inchava tufada de ironia.

— Olhe, meu amigo, durante a revolta[36] passei muita noite nas linhas do Cajú, de arma em punho. Não sou dos que se metem ao mato quando sentem o cheiro da pólvora. Prosa não é comigo. Se houver guerra... marcho!

— Ora deixe-se disso — contrariou o comendador, amuado. E espichando-se nas pontas dos pés, com o busto em recacho, inquiriu: — Guerra com quem? Por quê?

— Com quem? Pois o senhor ainda pergunta?

— Sim: com quem? Péricles alargou um passo e, em atitude trágica, espetando o dedo, mostrou o jornal em bola junto à balaustrada:

— Leia o telegrama. Está ali!

— Qual telegrama, qual carapuça. Isso é tramoia, política, negociata. O país precisa mais é de braços, bra-

---

[36]. Dada a idade de Basílio, a referência é provavelmente às Revoltas Navais Brasileiras: rebeliões armadas promovidas principalmente pelos almirantes Custódio José de Melo e Saldanha da Gama e sua frota de navios rebeldes da marinha brasileira contra a suposta permanência inconstitucional no poder do presidente Floriano Peixoto (1891–94).

ços que trabalhem a terra aproveitando toda essa riqueza inculta que vai por aí além. Deixe-se de bravatas, meu amigo.

— Bravatas?! — e remordeu os beiços lívidos. — Se o senhor fosse brasileiro...O comendador afuzilou um olhar tremendo ao empreiteiro, inteiriçaram-se-lhe os braços, aduncaram-se-lhe os dedos como em retração de dor e, avançando um passo, rouquejou a estourar de ira:

— Não, não sou brasileiro, mas amo este país muito mais do que o senhor, que o quer ensanguentar, arrasar e — fulo de raiva bramiu: — entregá-lo ao inglês! — O outro recuou esgazeado. — Sim, senhor...ao inglês! Tenho aqui tudo que é meu, a fortuna e a vida, tudo, entende o senhor Péricles? Tudo! E o senhor? — Conteve-se em atitude de desafio, os olhos fitos no rosto apalermado do empreiteiro. Passou a mão pela calva lustrosa, um momento ainda manteve o olhar em riste à cara lívida do patriota, que respirava com ânsia e, curvando o busto, supercilioso e hostil, vibrava os lábios em palpitação de cólera, e sentia-se a violencia de um decisivo insulto. Por fim disse:

— Sabe que mais, meu amigo? — cavou-se hiato pávido no grupo e o comendador concluiu: — Vamos à sopa que é melhor, e antes que esfrie.

Foi um alívio para todos e Basílio, para dar a nota final com pilheria, comandou: — Ao rancho! — E todos entraram na sala de jantar a rir.

Afortunadamente para o empreiteiro, que recalcava a humilhação da investida do comendador, Brandt apareceu com o Décio sempre gárrulo que, ainda à porta, muito casquilho num costume de flanela clara, pediu licença a Miss Barkley para oferecer-lhe um ramo de cravos vermelhos, de Petrópolis, que trazia, em tufo, à botoeira.

À entrada ruidosa do estudante, um largo sorriso iluminou as fisionomias; a própria inglesa, sempre taciturna, engelhou a face macilenta descobrindo os dentes, grandes e amarelos como favas, no arregaçar do lábio pálido.

— Aqui estou a pedir perdão a Miss da minha ausência ingrata. O fim do ano aproxima-se macíssimo e é necessário que eu furte algumas horas ao doce amor e à meiga amizade para consagrá-las à sordície das moléstias, à Dor Humana que há de ser a garantia do meu Futuro risonho. — Sentou-se, abriu o guardanapo e, relanceando os olhos luminosos pela assistência, enquanto o criado lhe servia a sopa, murmurando-lhe uma amabilidade delambida, disse: — Por aqui todos bons. Isto é a casa de Hígia,[37] o templo da saúde benéfica. — Basílio resmungou:

— Uma caserna, doutor. Estamos ameaçados de sair a campo, com armas. O nosso amigo Péricles vai alistar-se

---

37. Décio se refere ao pensão Barkley, recentemente fumigado: Hígia é a deusa da saúde na mitologia grega.

no exército e nós, por solidariedade, vamos com ele. O comendador rilhou cevamente o assado e o empreiteiro, reassumindo o porte altivo, repassou o guardanapo pelos beiços e, depois de mastigar sofregamente o bocado que lhe rolava na boca, exclamou:

— É verdade!
— Alistar-se? O senhor?
— Pois não! — E, aquecido: — Eu e todos os verdadeiros patriotas. — Aprumou-se com o talher fincado na mesa e, fitando o estudante, interpelou-o: — Diga-me o senhor que é moço, generoso, entusiasta. No caso de uma guerra com o estrangeiro, o senhor vai ou fica?

Décio suspirou com mansidão:

— Fico.
— O senhor!? — Péricles contestou com firmeza: — O senhor não fica!
— Não fico?
— Não fica! Marcha! Será dos primeiros.
— Segundo o Evangelho. — E explicou: — O meu patriotismo não é belicoso, meu caro senhor Péricles. Não tenho o braço camoniano.[38] Demais, as guerras neste século, com os terríveis engenhos que as reforçam, são tremendamente mortíferas. Assim é necessário que fique

---

38. Luís Vaz de Camões (1524–80) é considerado o maior poeta de Portugal, melhor lembrado por sua obra épica Os Lusíadas, cuja figura central é Vasco da Gama, o descobridor da rota marítima para a Índia.

um homem na Pátria como semente para repovoá-la e escrever, em páginas eternas, a epopeia soberba dos seus maiores. Serei eu esse homem predestinado. Enquanto os meus patrícios vencerem — porque não admito a hipótese da derrota — eu, no silêncio deserto da terra mater, irei compondo os alexandrinos perfeitos que hão de levar, pelos séculos adentro, a fama dos heróis e os seus nomes. E no dia do regresso das tropas, irei ali para o *Pharoux*[39] com uma grande lira, e nu, coroado de louros, como Sófocles[40] diante dos gregos de Salamina, atravessarei a Avenida, à frente dos exércitos, cantando o hino da vitória. — Subitamente, porém, erguendo-se ele de repelão, disse, com ressentimento: — Mas o senhor, que usa o nome do grande grego[41] que fez de Atenas a capital da Beleza, não tem o direito de pensar em guerras, amigo Péricles.

— Apoiado! — roncou o comendador atolando-se no *pudding*.

---

39. O primeiro e um dos mais importantes hotéis do século dezenove no Rio de Janeiro, na Praça XV.
40. Sófocles (496–406 AEC), antigo escritor grego de tragédias. Em 480 AEC Sófocles foi escolhido para liderar o peão (um canto coral a um deus), celebrando a vitória grega sobre os persas na Batalha de Salamis ("Sophocles").
41. Péricles (495–429 AEC) estadista ateniense amplamente responsável pelo pleno desenvolvimento, no final do século quinto AEC, tanto da democracia ateniense quanto do império ateniense, fazendo de Atenas o foco político e cultural da Grécia.

— A guerra é a razão dos tiranos, a força dos bárbaros. O homem inteligente, as nações superiores vencem com o claro juízo e se vibram uma espada é a da Lei que apenas golpeia o mal, como o bisturi do cirurgião. Não falemos em guerras. Falemos do Amor, da Beleza, a Beleza que é o encanto da vida.

— E se nos insultarem?

— Ninguém nos insulta.

— Ah! ninguém nos insulta?

— Ninguém! — afirmou o estudante com austeridade.

— O senhor não tem lido os jornais?

— Não, meu amigo, não tenho lido, nem leio. O meu jornal é o azul. Leio nele os dias e as noites, os formosos artigos da claridade e da sombra que são as nuvens douradas e as estrelas brilhantes. A máquina rotativa que me interessa é o mundo. Mas a propósito de Beleza: Como vai o Apolo bretão? O formoso James, assombro e maravilha da cidade?

— Meteu-se na Tijuca a caçar borboletas — disse o comendador.

— Não tem aparecido?

— Não.

— Homem estranho! — Basílio sorriu sorrateiramente, abaixando a cabeça sobre o prato. Miss Barkley falou:

— Acho que ele está a partir.

— Deixa-nos?

— Sim. Volta para a Inglaterra.
— Por quê?
— É um esquisito.
O comendador asseverou:
— Doido! Doido é que ele é e varrido.
— Doido por quê, comendador? — perguntou Décio.
— Por quê? Pois um homem de juízo, faz lá as coisas que aquele faz? O senhor é porque só o conhece de vista. Pergunte ali ao seu amigo que mora paredes meia com ele.

Décio fitou em mim os olhos interrogativos e eu respondi:
— O comendador engana-se. Mister James é um excelente vizinho. Não tenho razão de queixa.
— Pois eu lamento não poder dizer o mesmo e garanto-lhe que se ele ficasse mais um mês nesta casa quem se mudava era eu, que não tenho cabeça de turco. O diabo do homem não dorme, é toda a noite às patadas pelo sobrado. Deus me livre! Vá com Deus! Bonito, lá isso…mas insuportável!
— Pois eu — declarou o estudante —, dava anos de vida para passar um dia com ele. É um tipo que me interessa, um ser estranho. Deve ter um romance original. — E acentuou: Comendador, beleza como aquela em homem…Ali há um mistério! Feliz daquele que o puder penetrar!

Basílio, sempre sarcástico, rebuçando-se com o guardanapo, ruminou maliciosamente a frase do estudante ao ouvido cerdoso do comendador, que rinchavelhou. Mas Brandt, que se mantivera até então alheado, comendo devagar, de olhos baixos, depôs de golpe o talher e, firmando o busto em atitude ostensiva, encarou com o guarda-livros, cujo sorriso foi-se, a pouco e pouco, desvanecendo, como a alapardar-se nos refegos das bochechas gordas.

Olharam-se a fito, mas o artista dominou o adversaria, fê-lo empalidecer, baixar os olhos e, em toda a mesa, percebeu-se a cena, ainda que muitos não atinassem com o motivo, por não terem notado o cochichar perverso do comendador dicaz.

Quando nos levantamos, Brandt, taciturno, as mãos metidas nos bolsos, caminhou direito à varanda com ar enojado e, sem esperar o café, desceu ao jardim, desaparecendo.

Décio, que me travara do braço, arrebatou-me para falar-me do seu amor, incidente obrigado em todas as suas conversas.

Exaltou a mulher divina, musa e parca, inspiradora dos seus versos, mas sempre a lembrar-lhe a morte, prendendo-o ao seu amor com a cobiça avara e inelutável com que o túmulo apodera-se do cadáver. Entregava-se lhe abandonadamente nos braços, com a lassidão passiva de uma vítima aspirando o martírio, o escândalo de uma surpresa que a expusesse à vingança do marido, lançando-a, ensanguentada e nua, aos olhos curiosos do mundo, no esterquilínio do comentário. É uma mulher singular, romântica até a loucura. Às vezes, repelindo-me docemente de si, põe-se a chorar em silêncio, mais linda assim enfeitada de lágrimas. Se a interrogo responde em voz que comove e excita: "Tenho medo!" E uma vez descreveu-me o seu terror refletido num sonho: "Fomos surpreendidos. Eu o vi entrar armado, ouvi o estampido do revólver, senti a dor das feridas, o calor fluente do sangue, agonizei e morri. Morta, porém, li a notícia dos jornais descrevendo todo o nosso amor e lamentando o teu talento, tão cedo roubado às letras e a minha formosa mocidade tão tragicamente fanada. E vi-nos, a ambos, lado a lado, frios, rígidos, entre círios de misericórdia, nas mesas do Necrotério e, em torno de nós, a multidão corvejando e eu ainda te amava, o meu coração, parado e frio, ainda pedia o teu, a minha boca crestada tinha sede dos teus beijos, o meu corpo amortalhado reclamava o teu corpo. Um horror!" E queres saber? Essa obsessão começa a apoderar-se de mim — e, em voz em que havia tristeza e volúpia, disse: — É uma fatalidade, meu velho. Saio todas as noites de casa com a certeza de que vou para a morte e, estreitando aquela mulher ao peito, aspirando-lhe o hálito, há ocasiões em que estremeço, sentindo-me traspassado por uma dor lancinante como de um punhal que me varasse o coração: e beijo-a, beijo-a, na boca, nos olhos, nos cabelos, entregando-lhe minh'alma, toda a minha vida. Uma loucura! Estou perdido e não posso fugir, não posso. Esse amor é um destino. É estupido! Vamos.

— Relanceou o olhar em torno: — E Brandt? Isso um dia estoura com o guarda-livros. Esse sujeito é enfezadoramente antipático e má língua até a infâmia. Irrita. Natureza de víbora. Brandt tem razão. Vamos acalmá-lo. Saiu fulo!

O piano preludiava docemente e a luz, coando-se pela janela do chalé, dourava os ramos lustrosos do jasmineiro em flor.

Caminhamos e, como atravessássemos a aleia das acácias, suavemente perfumada, detive o estudante numa necessidade imperiosa e urgente de comunicar o meu segredo, de transmitir a um espírito sutil a confidência maravilhosa, o arcano de que me fizera depositário James Marian.

— Disseste, falando de James, que deve haver mistério na sua vida...

— Sim, um mistério divino. Disse e repito porque o sinto.

— E tens razão, Décio...

O estudante encarou-me, verrumando-me com o olhar.

— Sabes alguma coisa?
— Sei que é um poeta.
— Sim, uma hipóstase de Apolo.
— Ou um louco.
— Como?
— Se não é, em verdade, um prodígio da Ciência Oculta.
— Não te compreendo, homem. Falas uma linguagem hierática, pareces um iniciado a anunciar prodígios.
— Tens que fazer?
— Se prometes esclarecer essas palavras abstrusas, digo-te que ainda que eu fosse encarregado de pastorear as estrelas, o lobo Fenrir[42] podia devorá-las sem que eu lhe saísse à frente, porque prefiro ouvir-te e à tua palavra, até com sacrifício do meu amor, ofereço as horas desta noite que promete ser estupenda. Fala!

E, rodopiando nos tacões, aspirando voluptuosamente o ar, gabou com enlevo: — Como cheiram as magnólias! Flores de carne, seios de virgem. Sentes? Mas fala, dize lá o que sabes.

Tomando-lhe o braço e em passo vagaroso, abaixo e acima pela aleia de acácias, resumi, em breves palavras, a história do original de James e do livro misterioso, ainda vedado a todas as inteligências.

---

42. Fenrir é um lobo na mitologia nórdica. Ele é filho de Loki e da gigante Angrboða.

Décio ouvia-me com sorriso de incredulidade e, quando terminei a exposição, rompeu às gargalhadas e com tal gosto que eu não pude conter o riso.

— Montaste o Pégaso, o alerião[43] do sonho. Fizeste um romance e queres atribuí-lo ao misantropo. O processo é conhecido. Vai, vai buscar o original, homem da Fantasia, enquanto preparo o espírito do maestro, que está como o furibundo Ajax,[44] para ouvir-te e gozar.

— Garanto-te, sob palavra, a verdade do que te disse. Trarei o original para convencer-te.

— Pois sim, homem; vai e não te demores. A noite está linda. Receberemos a aurora ao som dos teus períodos e a loura deusa das faces de rosa só terá de que orgulhar-se. Vai! — E, rindo, seguiu para o chalé, trauteando uma canção em voga.

A casa parecia deserta. A noite fria fizera os hóspedes recolherem-se. No porão, através da vidraça iluminada, uma sombra esguia ia e vinha: Crispim, com certeza, a decorar textos. Na sala de jantar um bico de gás dava uma luz escassa.

---

43. Uma águia representada em heráldica com asas expandidas, mas sem bico ou pés.
44. Ajax é um herói mitológico grego, filho do rei Telamon e Periboea e meio-irmão de Teucer. Ele desempenha um papel importante, e é caracterizado como uma figura imponente e um guerreiro de grande coragem na *Ilíada* de Homero e no Ciclo épico, uma série de poemas épicos sobre a Guerra de Tróia, ficando atrás apenas de Aquiles entre os heróis gregos da guerra.

Subi aos meus aposentos e, aclarando a sala, pus-me a reunir as tiras, tomei o misterioso volume e ia sair quando bateram à porta, de leve.

Julgando ser Alfredo, que costumava aparecer à noite para rever os arranjos do quarto, pretexto com que fazia jus a gratificações miúdas, disse, sem voltar-me:

— Entra.

A porta rangeu vagarosa, houve um soar de passos e logo o silêncio. Voltei-me então e grande foi a minha surpresa ao ver diante de mim James Marian.

Adiantei-me para falar-lhe, com sincero alvoroço de alegria, mas o seu frio retraimento conteve a minha expansão. Ofereci-lhe a minha própria cadeira de trabalho com solicitude atordoada.

O inglês parecia de mármore — olhos parados, sem o mais ligeiro friso na face branca e impassível, imóvel e hirto, a mão apoiada ao respaldar da cadeira. Falou em tom pausado e as palavras morriam antes da última sílaba como se lhe faltasse alento para completá-las.

— Venho pedir-lhe os meus escritos — disse. — Devo partir, quero levá-los comigo. Se traduziu até o fim, conhece uma vida singular, a história trágica de um infeliz que se arrasta dolorosamente pelos prazeres para aturdir-se: se não encetou o trabalho...

— Tenho-o quase concluído; faltam-me apenas duas páginas que se referem à sua vida no Brasil, se é que, em verdade, é o senhor o ente de agonia que se debate em tão extraordinária narrativa.

— Sim, sou — disse, e, empalidecendo, como em desmaio, e em voz difícil, continuou: — O que lhe falta é pouco, quase nada, e esse pouco, sem valor. A minha vida no Brasil...! Eu aqui procurei a Natureza, só me relacionei com a paisagem e com a luz; repousei e levo saudade da terra e do céu deste país de encanto. Impressão...a não ser a natureza, só me resta uma. Deu-me-a uma infeliz que se escravizou à minha sombra, que se deixou prender num sonho...e morreu de amor. Fiz com ela o que dizem que as sereias fazem com os náufragos: enquanto sentem calor, têm-nos nos braços, logo que morrem e esfriam rejeitam-nos do colo. Sorvi-lhe o sentimento, tive-a chegada à minh'alma como um sedativo, vivi de aquele amor. Vampirismo espiritual, talvez.

— Miss Fanny...?
— Essa. O mais...
— E parte?
— Sim, parto. — Baixou o olhar e o seu corpo oscilou brandamente, em balanço, esvoaçaram-lhe os cabelos como a uma rija lufada. Abotoou-se agasalhando-se.
— Para onde vai? Releve a minha curiosidade.
— Não sei. Dê-me os livros. Fiz um pacote de tudo e, entregando-lhe, senti-lhe a frialdade gélida dos dedos. Quis apertar-lhe a mão; ele, porém, retraindo-se, fez

apenas um gesto de cabeça e, dando a volta, saiu vagarosamente como havia entrado.

Acompanhei-o até o limiar da escada, vi-o descer, desaparecer em baixo. Ainda lhe ouvi os passos.

Nada houvera de extraordinário naquela visita, entretanto eu sentia-me como assombrado, solto no vácuo, sem firmeza e só, muito só, abandonado como se toda a casa silenciosa se houvesse esvaziado dos seus habitantes e ficasse entregue a espíritos obsessores que por ela errassem vagamente. Que seria?! A carne arrepiava-se-me em crispações irritantes, os cabelos cresciam me na cabeça, hirtos. Estive um momento parado, com medo, a olhar airadamente, vendo pequeninas flamas sutis que iluminavam funereamente e desapareciam.

Tornei ao meu quarto, sentei-me fumando, a olhar, pela janela aberta, o céu calmo e estrelado. "Que teria aquele homem?! Que angustiosa pressa o açodaria para que saísse, como a fugir, em passos tão rápidos e silenciosos?"

Dei de ombros procurando lançar de mim o pensamento obstinado que me perseguia como obsessão.

Pareceu-me ouvir ranger a porta, estalar, abrir-se lentamente, de leve. Voltei-me rápido. Nada, o silêncio. Longe, na vizinhança, um piano soava triste e as buzinas roufenhas dos automóveis mugiam à distância.

Lembrei-me, então, do estudante que me esperava. Tomei a pasta onde guardara a minha tradução e, recordando as palavras incrédulas com que ele respondera à minha narrativa, disse a mim mesmo: "Naturalmente vai rir quando eu lhe disser que James veio buscar o seu original e o livro misterioso. Com efeito, justamente no momento da prova, quando eu deles carecia para documentar o que afirmara... Mas com certeza viram-no passar, sair com o embrulho. Ele não partiria sem despedir-se de Miss Barkley..." E, sem mais preocupar-me com o incidente, desci a caminho do chalé, com a pasta.

VIII

Décio modorrava preguiçosamente estirada no divã, os braços por baixo da cabeça, balançando de leve os pés cruzados. Do incensório de bronze, pousado sobre a estante de músicas, evolava-se lento e fino fio aromal de fumo. Sentindo-me, o estudante abriu os olhos, estirou retesadamente os braços e sentou-se de repelão, encarando-me com a fisionomia desabotoada em sorriso:

— Trazes o papiro?

— Parte. O melhor levou-o agora mesmo o dono.

— Quem? — exclamou num berro de surpresa. — O inglês?!

— Sim.

— Esteve aí?

— Um minuto.

— Então foi por isso que Miss Barkley mandou chamar o nosso Orfeu.

— Brandt?

— Lá está com ela. O Alfredo arrebatou-o justamente quando ele preludiava Dukas.[45] — Atirou-se pesadamente na fofa poltrona e pôs-se a brincar com as borlas de uma braçadeira. De repente, num rompante, pondo-se de pé, desatou a rir: — Então o inglês abalou com o livro misterioso?

— Palavra...

— É fantástico! — exclamou a rir, apertando-me nos braços.

— Não acreditas...? — perguntei vexado.

Ele acendeu um cigarro e disse:

— Realmente o tipo do homem é dos que impressionam. Se eu houvesse convivido com ele, como tu, garanto que teria feito um poema em versos raros, celebrando a beleza, a graça e a força olímpica.

— Mas duvidas do que te digo?

— Meu caro, a verdade é a beleza. Que importa a origem? Dizes que ela vem daquela cabeça acadêmica, seja! Mas hás de permitir que os meus louvores vão todos ao teu gênio modesto. Senta-te, abre essa pasta e encanta-me.

— Juro-te que não há aqui senão o trabalho de um tradutor e mau, e se venho ler estas tiras, que pouco valem como concepção e forma, é porque nelas sinto o

---

45. Paul Dukas (1865–1935) foi um compositor, crítico, estudioso e professor francês. Sua obra mais conhecida é a peça orquestral *L'apprenti sorcier* (1897; *O aprendiz de feiticeiro*).

mistério. Para ti como para todos os que as lerem não passarão jamais de pura fantasia, mas eu conheci James na intimidade, ouvi-o, toquei-lhe a cicatriz do corpo.

— Como São Tomé tocou a de Cristo...?

— Não rias. Que necessidade tinha esse homem de apresentar-se como um monstro? Décio, a sua narrativa foi feita com tão dolorosa sinceridade que o que nela me impressionou não foi o prodígio, mas o sofrimento. A vida de James Marian se não é um mistério é uma loucura rebuçada em melancolia.

— Talvez.

— Acreditas na ciência dos mahatmas?

— Eu? Em matéria de ciência duvido de tudo. Mahatmas?

— Sim, esses solitários da Índia que conservam, como fogo místico, que ainda há de resplandecer em nova aurora, toda a sabedoria antiga.

— Sei lá de isso...

— Pois, meu amigo — ou James é um doido ou a sua vida é um paradoxo, um absurdo, a mentira encarnada na Verdade.

— Homem, falas com tanta convicção...Que diabo! Isso é sério?

— Por minha honra que o é. — Décio levantou-se preocupado, foi ao fundo da sala em passos medidos e deteve-se contemplativo diante da Vênus de Milo, em mármore, resplandecente à luz. Fitou o olhar enamorado no corpo alvo e divino e disse:

— Isto também é um mistério. Toda Beleza é misteriosa. E a propósito — eram nele frequentes as transições improvisas que desnorteavam — sabes que ando a procurar com ânsia uma Afrodite, a deusa perfeita, filha da espuma branca? — Calou-se de olhos muito abertos, extasiado; e continuou docemente em palavras pausadas:

— Meu velho, não há como a água para conservar e dar esplendor à beleza. O banho, com sabonete fino e uma gota de essência, é um rito. A virtude do batismo está na lavagem. Não há perfume melhor que o da água: o corpo lavado recende. — Fez uma pausa e, arrepelando os cabelos, exclamou: — É o que encanta naquela mulher diabólica — o aroma de asseio. Porque, não sei se já observaste, um corpo lavado tem todos os perfumes, como um jardim...e a água não cheira. O branco, não sendo cor, é a fusão das cores, assim a água, sendo inodora, é a síntese dos aromas. Aspirou com volúpia e, de mãos postas, adorativamente, louvou a Vênus marinha: — Divina entre as divinas! — Logo, porém, esquecendo a deusa, correu á porta, saiu ao jardim e, na sombra, sob os ramos do jasmineiro em flor, murmurou impaciente: — E Brandt que não vem? — Mas quase no mesmo instante exclamou arrojando os braços: — Aí vem ele! — Então, engrossando a voz, bradou: — Depressa! Estamos à tua espera no limiar do mistério. Aligeira esse andar penseroso, homem do arroubo.

E o artista respondeu em voz risonha, tranquilamente:
— Aí vou.

O estudante adiantou-se em ligeiros passos ao encontro do amigo e, travando-lhe do braço, interrogou-o:
— Que diabo queria de ti a inglesa? — e recuando de salto, com severo aspeito e voz roncante: — Sabe o senhor que começo a desconfiar dessas intimidades noturnas? Terá o cavalheiro usado de sortilégio para desempedrar o coração rígido do monstro?

Brandt sorriu. — Miss é sempre a mesma Minerva virtuosa e prudente, amiga da paz e da ordem. Chamou-me para aconselhar-me, pedir-me um pouco mais de paciência com o guarda-livros.

— Homem, é verdade...Tu hoje estiveste faiscante! Os teus olhos pareciam o Olimpo de Zeus, inflamado em raios. E então? Expulsa-se o ribaldo?

— Não sei...É impertinente, perverso, irrita-me. Só de ouvi-lo fico com os nervos arrepiados. Não fala — range, rasca. Não é raiva que sinto, é frenesi. Tenho medo de mim...

— Queres o meu conselho? Parte-lhe a cara.

Brandt repoltreou-se no divã, estrincou os dedos e, encarando-me risonho, perguntou:

— É então verdade que estás senhor do segredo da vida de James?

— Sim, é verdade.

— Maravilhas, hein? Um poema para ser musicado por Debussy?[46]

— Talvez.

Indolentemente estendeu o braço, tornou o cachimbo na prateleira, encheu-o de fumo e disse com lástima: — A mim confesso que deixa saudades o tal homem — e foi-se sem uma palavra, como uma sombra muda. Só agora Miss Barkley soube da sua partida.

— Partida?

— Sim, no *Avon*, anteontem. — Num arrancado ímpeto, pus-me de pé hirto, eletrizado, sentindo um como repuxamento em todos os nervos. A voz saiu-me silvante, áspera, articulando a custo as palavras:

— Partiu! Como? Não é possível.

— Foi, pelo menos, o que ouvi ao Smith, que lá está com Miss Barkley saldando as contas de James. — Décio pôs-se a assobiar baixinho, relanceando o olhar à sala e, sentindo a minha perturbação, naturalmente para não vexar-me, caminhou direito à janela e lá se ficou brincando com o ramo do jasmineiro.

---

46. Claude Debussy (1862–1918) foi um músico e compositor francês cujas obras foram uma força seminal na música do século vinte.

— Não! Não é possível! — insisti. — É troça.

— Troça?! Repito o que ouvi — redarguiu Brandt, imperturbável.

— Digo-te, afirmo-te que não é possível. James esteve comigo há coisa de um quarto de hora, lá em cima. Veio buscar o volume que me emprestou e os originais que traduzi. Falei-lhe, acompanhei-o á escada...

— Tu...?

— Sim, eu. — Encaramo-nos em silêncio. Brandt, com o seu vivo olhar, penetrante e claro, fitava o meu rosto e eu, envergonhado do estudante, que se conservava discretamente à janela, sentia-me envolver em um calor estranho como se todo o meu corpo se fosse lentamente inflamando. O sangue estuava-me nas artérias aos latejas frementes: meus olhos eram brasas. Súbito, violento tremor sacudiu-me, sombra forte e instantânea escureceu o aposento ou foi a minha vista que se obumbrou em vertigem e, quando se reabriu a claridade, eu estava junto ao piano, frio, arrepiando-me em crispações e os dois rapazes, a meu lado, pareciam guardar-me, atentos e carinhosos.

— Que foi isso? — perguntou Décio, tomando-me o pulso. — A minha resposta foi em grita frenética, insistindo na afirmação:

— Não é possível! James esteve comigo há pouco, falou-me, pediu-me o livro, os originais...Não é possível! Um momento Brandt guardou silêncio, de olhos baixos, remordendo o bigode. Por fim, como receoso, disse, em palavras serenas:

— Se queres convencer-te...Smith ainda deve estar com Miss Barkley. Vamos até lá. Arrojei-me resolutamente ao jardim, seguido pelos dois rapazes. Ia como levado em voo, sem sentir a terra que pisava. O ar da noite era gélido e eu tinha a impressão macia de ir esgarçando finas brumas.

Por vezes, num zoar de vertigem, a cabeça reboava e parecia crescer, dilatar-se ou retraía-se com sensação constrita de arrocho, ameaçando estalar, e tudo era vago dentro em mim, as ideias revolviam-se em torvelinho como folhas secas às rajadas de um vento de borrasca.

Subi, a correr, os degraus da escada.

Miss conversava à varanda com Smith. Ao verem-nos, calaram-se. Brandt, mais calmo e forçando o riso, pediu desculpa de interromper a palestra para "acabar com uma teima" e perguntou ao inglês: "se não era verdade haver James partido no *Avon*?"

— Sim, senhor: partiu. Deixei-o a bordo. Como arremessado por uma força bruta, arremeti para o inglês:

— Não é possível! — Tão inopinado e violento desmentido fê-lo voltar-se em rodopio, encarando-me carrancudo e miss, estranhando, sem dúvida, a minha contestação desabrida, interveio confirmando as palavras do seu compatriota:

— Pois não, partiu no *Avon*. Não viu o nome na lista dos passageiros? Fiquei aturdido e Brandt, para justificar o meu arvoamento, explicou a Smith: "Que eu garantia que James Marian estivera, pouco antes, nos meus cômodos."

— Oh! — fez o inglês bambaleando-se na cadeira. — Ele tem excentricidades, James, oh! Mas aparecer aqui quando está a muitas milhas no mar, isso... — Miss sorria, de acordo.

— E a sua bagagem? — interroguei.

— Estava em minha casa, na Tijuca. O pouco que ele aqui tinha, levou-o, há dias, o meu criado. Os móveis que ele adquiriu, tenho ordem de os vender; o resto é da casa — e risonho, espalmando, de estalo, as mãos nas coxas magras: — Então o senhor viu-o?

— Como eu estou vendo ao senhor. E mais ainda: falei-lhe, fiz-lhe entrega de um livro que ele me emprestara e dos originais de uma novela.

— Um livro de garranchos e garatujas? Vi. Andava sempre com ele. Em Java furtaram-no e ele ofereceu mil libras a quem o restituísse. Levaram-lhe ao hotel. — E Smith, como se tão curta narração o houvesse fatigado, deixou-se escorregar molemente na cadeira de vime, esticou as pernas e, com a cabeça derreada, as mãos enclavinhadas no ventre, disse no arranco: — Pois é verdade...A esta hora deve andar nas alturas da Bahia. — Aprumou-se e, voltando-se para Miss Barkley, retomou o fio da palestra. Brandt, então, despediu-se:

— Obrigado! Boa noite. — Desceram os dois. Eu deixei-me estar como paralisado.

— Não vens? — perguntou do jardim o estudante. Fiz um gesto vago e ainda me demorei a olhar; por fim, vagarosamente, frouxo, desespiritualizado, num langor de quebranto, caminhei em direção à escada e, sem consciência, fui subindo.

Em cima, esfalfado, respirei a haustos largos, sentindo uma opressão asfixiante. O soalho fugia-me debaixo dos pés, as paredes oscilavam, o teto abobadava-se e a claridade, de uma lividez mortuária, longe de alumiar, era opaca, dando-me a impressão de uma muralha amarela que me encerrasse, era uma luz que emparedava, clarão funéreo de sepulcro. Horrível!

Tateando, cheguei instintivamente à porta do meu aposento. Ao tocar a maçaneta do trinco foi como se eu acionasse um comutador elétrico — a luz clareou e brilhou desempenada: vi! Mas os ouvidos eram como cavernas profundas que estrondavam, um fragor tempestuoso atroava-me o crânio e aos rebojos, em burburinho férvido, como arrojos de ondas rebentando em praia escabrosa, ruídos azoinavam-me.

Atirei-me ao divã apertando aflitamente, com as mãos geladas, a cabeça aturdida. Sentia-a crescer, inchar túmida, bojando como um balão e, de todos os pontos da sala, em cascalhada irônica, esfuziavam risinhos de mofa: era uma zombaria geral, o chasqueio das coisas em assuada que me enervava e retransia num grande, inenarrável medo.

Oh! O medo!...Ele vinha como uma inundação, eu sentia-o chegar, subir sensível, palpável como as grossas e escuras águas revoltas de uma enchente. Um prurido de dormência formigava-me nos pés que esfriavam reglando-se, como de pedra.

O medo chegou-me aos joelhos pesado, inteiriçante, de ferro, cingiu-me em anéis constritos, ciliciando-me o ventre, entalando-me o peito e o coração pôs-se a bater sôfrego, aflitíssimo, como forçando as grades da prisão para evadir-se. A garganta travou-se-me jugulada, o trismo aperrou-me as mandíbulas e a minha respiração, aos sorvos, era a de agonizante e rascava.

Estendi-me a fio no divã, fechei os olhos e uma visão fantasmagórica bruxuleou na treva — títeres de lume bailando, formas colubrinas estriando coriscos, um confuso e extravagante jogo malabar de fogos e negrumes, centelhas e línguas de chamas em promiscuidade com atros corpos de formas indecisas, ora em curva, ora longos: já esféricos, já em espiras.

Abri assombrado e repentinamente os olhos, apoiei-me ao encosto do divã, forcejando por levantar-me, mas a minha energia ficou inutilizada em uma moleza flácida, fofa, como se eu me firmasse em pastas de algodão.

Lá fora, tão perto, a vida agitava-se — eu ouvia vozes, rumor de carros, sons de piano; por vezes, à aragem da noite, o doce rumor das palmeiras arfava como ofego de amor. E eu sofria.

Como se andassem a apagar luzes dentro em mim, uma a uma, eu sentia a treva avançar, fria e trágica.

O meu cérebro escurecia como uma cidade ao amanhecer — longas avenidas iam ficando em sombra, nubladas, desertas. Eu ia acabar, era o meu último dia, a minha hora extrema e finava-me desamparado, só, sem ao menos poder chamar alguém em meu socorro, porque faltava-me a voz.

Os olhos, poderosamente atraídos, voltaram-se para a porta, a porta por onde entrara e saíra James, o homem espectro e, olhando-a fixamente, vi que toda a parede dissolvia-se sobre um fundo estrelado, que era o céu e, embaixo, estendia-se a amurada de um navio encostado à qual, imóvel, os olhos fitos no meu rosto, estava James Marian, belo e pálido envolto em luar misterioso.

Apesar do atordoamento, eu ainda pensava, raciocinava e sentia que era vítima de uma alucinação, posto que a vista fosse perfeita, nítida como se, efetivamente, representasse o real. Mas não, era bem a minha sala, e, insistindo no olhar, pouco a pouco foi-se a visualidade esbatendo, diluindo, a parede reapareceu encobrindo o céu e a figura do mancebo e, onde ele estava, recortou-se a porta entreaberta. Só então dei por mim sentado, com o suor em bagas pela fronte. Ardia abrasado em intenso calor de febre, mas os dentes entraram a bater com estrépito.

Clarões e treva, revezavam-se, como em tormenta cortada de relâmpagos; ressoaram as vozes, rumores confusos, voltou-me a vertigem e tudo, em volta de mim, pôs-se a giro-girar e tive a sensação de ir pelos ares, com a casa, desabaladamente, levado num ímpeto de ciclone.

Estendi as mãos como em busca de amparo, ergui-me atônito, cheguei a caminhar alguns passos sem equilíbrio, fui de encontro à mesa e, ao descobrir a minha imagem no espelho, eriçaram-se-me os cabelos de pavor.

Arrojei-me em ímpeto de fuga, mas os meus movimentos eram contrariados por uma força superior. Quando eu julgava haver avançado, achava-me no mesmo lugar lutando, debatendo-me inutilmente.

Chorei. As lágrimas rolavam-me dos olhos grossas e silenciosas.

As palavras formavam-se-me no cérebro, vinham-me à boca e retrocediam sem eu as poder dizer; o mesmo grito arremetia e recuava como a pelota que um frontão repulsa. Era horrível!

Eu estava possuído, era uma vítima daquele demônio súcubo[47] que me infiltrava na alma os seus sortilégios. Era um demônio, um verdadeiro demônio. Oh! Eu bem o sentia...! Tivera-o ali, momentos antes vira-o, falara-lhe, entregara-lhe objetos, entanto ele lá ia longe, por mares remotos, impossibilitado de comunicar-se materialmente comigo. E como fizera?

Sons vibraram docemente no beato silêncio, entraram pela janela aberta em visita meiga à minh'alma e, como por seu prestígio melodioso, foram morrendo, calando-se os pávidos ruídos que me atordoavam atroadoramente e eu reconheci a *Marcha nupcial* de Mendelssohn.

Era Brandt que tocava, era ele, o artista admirável que me defendia com a sua arte divina, exorcizando o espírito obsessor.

E um momento — suave e consolador momento! — fiquei em repouso, ouvindo e pensando, na solidão de aquele recinto assombrado, tão perto da vida e tão perto da morte.

Concentrei-me na música, como em homizio. Os sons envolveram-me, formaram em torno de mim verdadeiro círculo mágico e, enquanto durou a melodia encantadora o medo, posto que eu o sentisse rondando-me, não se

---

47. Uma *súcuba* é um demônio ou entidade sobrenatural no folclore, na forma feminina, que aparece em sonhos para seduzir os homens, geralmente através da atividade sexual.

chegou a mim. Eu estava como um galé que houvesse desapertado a grilheta e repousado os grilhões — sentia os ferros, mas não lhes sofria o peso nem a compressão vincante e dolorosa. Súbito, porém, o silêncio recaiu mais abafado e logo recomeçaram as visões, as alucinações. A dúvida terrível reentrou-me ao espírito, torturando-o. Era possível que um homem que ia tão longe se manifestasse, em corpo real, aos meus sentidos, no ambiente da vida? Era possível?

Levantei-me de golpe e desatinada, atabalhoadamente, rebusquei na mesa, com mão nervosa, o livro misterioso, os originais da novela e só achei páginas escrevinhadas, notas rápidas, cartas, bilhetes.

Entretanto, ainda naquela manhã eu consultara o livro e durante todo o dia, como se adivinhasse o imprevisto desfecho, trabalhara sem pausa na tradução.

Detive-me cansado, desalentado. O meu pensamento baralhava-se, ideias confundiam-se, coisas do passado, da infância afluíam-me de mistura com incidentes do dia; reminiscências flutuavam surgindo do fundo da memoria no revolver violento do meu espírito turbado e os olhos, largamente abertos e desvairados, não viam o real, senão bizarras quimeras: arabescos zebrando o espaço, discos, estrias, lumes, encandeando-se em deslumbramentos ou cegando-se em trevas.

O calor aquecia-me, golfos de chamas envolviam-me e logo, em transição repentina, o frio gelava-me, tolhia-me, inteiriçava-me rigidamente como se me encerrassem em prisão de gelo. Tenho uma vaga lembrança de luta, vultos agitando-se em torno de mim...

Quando reentrei na vida, o que logo me impressionou foi o branco aposento em que me achei, quase tão nu como a cela de um monge. Um homem seguia-me atentamente os passos, todo de branco, de avental e gorro. Solícito, acudia ligeiro ao meu mais leve aceno, sentava-se junto ao meu leito de ferro e, à noite, eu sentia-o perto, vigilante. Às vezes, abrindo os olhos, na penumbra triste, via-o alvejando imóvel, a fitar-me, como um duende.

Não raro, no silêncio noturno, uma voz gania lancinante: gritos, guaiados atroavam. Eu estremecia apavorado, sentava-me no leito e logo o homem aparecia tranquilizando-me. Entabulava conversa, ou ficava a fumar, silencioso, olhando-me.

Uma noite, tarde, levantou-se em toda a casa um alarido agoniado. Saltei da cama. Pus-me à escuta: "Onde estou? Que hospital é este?" perguntei ao vigia que acorrera. Ele trejeitou atarantado, sem achar resposta pronta; disse apenas:

— O senhor já está bom. O diretor vai dar-lhe alta. —
O alarido cessou e o silêncio estendeu-se mais abafado e mais lúgubre.

Na manhã seguinte, cedo, chegando à janela gradeada do meu quarto, vi ao longe a cidade luminosa, o mar azul e, embaixo, no fundo de horta e parque, homens de lavoura regando talhões e enfermos passeando vagarosamente, na doçura do ar fresco, pela alfombra de caminhos palhetados de sol. Mas, de instante a instante, lá vinham gritos como de ergástulos, um vozeio angustioso e soturno de emparedados.

Era um hospital de loucos, de loucos! E porque me achava eu ali, observado por um médico, vigiado por um enfermeiro, seguido a toda a parte, sem liberdade de um movimento, logo cercado, como uma fera perigosa, se me desviava do passeio habitual tomando o caminho em aclive, por entre sebes, que levava ao corpo monstruoso da pedreira que, de quando em quando, tonitruosamente, estrondava, abalando a casa em oscilações de terramoto? Por quê?

Uma manhã Décio apareceu-me. Não o alegre e facundo companheiro, mas um rapaz comedido e discreto, de meiguice serena, falando-me com palavras ponderadas, sem o arranque estroina do seu gênio jocundo.

Parecia sondar minha alma antes de entrar por ela com a sua alegria ruidosa e esfuziante, receando, talvez, despertar o que dormia ou tocar em fragilidades.

Foi ele o único amigo que vi naquele aposento triste, ele só, nenhum outro e foi com ele e com o meu correspondente que, em uma radiosa manhã de domingo, ao repique festival dos sinos, deixei a minha cela presidiária e aquele homem de branco que, às vezes, parecia sair das paredes calcadas, como um espectro alvacento, caminhando para mim sem rumor de passos, o olhar duro e fito, as mãos estendidas, trágico.

O correspondente, mostrando-me uma carta de minha mãe, na qual a infeliz pedia que me fizessem seguir para a fazenda acompanhado de pessoa de confiança, pôs-se ao meu dispor, declarando que podíamos, se eu quisesse, partir no noturno. Concordei. Ao tomar o carro, que nos esperava à porta, lançando um derradeiro olhar ao portão formidável da casa em que eu vivera, inconsciente do eclipse da minha alma, perguntei ao Décio:

— Mas então eu estive louco...?

— Louco?! Qual loucura, homem! — Olhou-me risonho e, como o carro partisse, agarrou-me com força nos braços e disse-me com a sua alegria vivida e todo o calor da sua mocidade feliz: — Neurastenia,[48] meu velho. A nossa neurastenia! Queres saber? Nós todos, todos sem exceção, se fôssemos surpreendidos em certos momentos, nos tais "estados d'alma", havíamos de passar algumas horas em

---

48. É um termo antigo que se refere um transtorno psicológico resultado do enfraquecimento do sistema nervoso central, culminando em astenia física e mental. Era um diagnóstico muito frequente no final do século dezenove que desapareceu e foi revivido várias vezes durante o século vinte.

casas como esta. Não penses que isto é só para os loucos, é também um abrigo para os que são apanhados pela tormenta passageira dos grandes sonhos.

— E quem não tem a sua telhazinha? — sentenciou o correspondente.

— E a minha rajada de loucura foi...James Marian?

— Sim, o inglês formoso...

— Foi, então, um sonho?

— A existência do homem, não, está visto...o caso do livro, o aparecimento naquela tarde...lembraste?

— Sim, lembro-me; quando ele foi reclamar o livro do seu destino e os originais do que ele inculcava como a história da própria vida. Lembro-me. Disseram-me que tal visita era impossível porque ele achava-se...

— Muitas léguas ao mar.

— Pois eu garanto-te, juro...O correspondente pigarreou trejeitando a Décio. Tranquilizei-o assegurando-lhe o meu perfeito juízo e continuei para o estudante: — Se foi por isso que me encerraram naquela casa, meu caro Décio, digo-te que os alienistas[49]...Mas o estudante interrompeu- me estrepitosamente:

---

49. A palavra *alienista* provavelmente originou-se da palavra francesa *aliene*, que significa "louco", portanto o substantivo *alienista* se referia a alguém que tratava o "louco". A partir de meados do século dezenove, os médicos especialistas em doenças mentais eram referidos como "alienistas". No início do século vinte, este termo foi substituído pelo de *psiquiatra* ("Alienist").

— Deixemos o passado. Foi uma crise, um mergulho no azul. Ah! Meu amigo, o azul é para ser contemplado de longe, assim — e, inclinando-se, atirou o braço, num gesto largo, mostrando o céu límpido, luminoso, resplandecendo ao sol.

— Dia para um piquenique — lembrou o correspondente.

— Com mulheres! — acrescentou o estudante. E o carro rodava.

Eu reentrava na vida como um convalescente que saísse, pela primeira vez, ao sol, sentindo e gozando todo o encanto da natureza, participando da felicidade geral, vendo o sorriso e a tristeza, passando entre a fortuna e miséria, os dois renques da alameda da Vida. Mas a dúvida, meu Deus! A dúvida, que há de ser a minha eterna companheira, a dúvida torturante, ou melhor: a Certeza, que eu nunca provarei aos que me alijaram entre loucos, da verdade do incidente daquela tarde, a certeza horrível da visita de James Marian, da sua presença no meu aposento, do seu pedido, da entrega dos livros e dos originais, da sua partida, do rumor dos seus passos na escada...tudo, tudo! Essa certeza, meu Deus!...Loucura?

Não, eu estou perfeitamente calmo, rememoro todos os factos sem omissão de um pormenor, lembro-me de episódios insignificantes...Pois se eu tudo refiro e se é tudo verdade, por que justamente há de ser Loucura aquilo que mais fundamente me impressionou e de que eu me lembro com mais exatidão?

E agora, quantos me virem, dirão que sou louco. Aqueles dias de encerro inutilizaram-me para o todo sempre...e eu estou certo de que a Verdade está comigo: Eu vi!

Mas quem dará crédito à minha palavra? Quem?

Talvez os séculos confirmem o que digo. Os séculos!...

Quando fulgurar o dia da Verdade, quem se lembrará de um triste que passou?

Já agora tenho o meu estigma, como um galé: estive em uma casa de doidos.

Tantos inocentes têm sido justiçados...Quantos, como eu, hão de ter sofrido pela verdade? Quantos!

FIM

Works Cited in Footnotes

"Alienist, N." *Online Etymology Dictionary*, 2001–22, www.etymonline.com/word/alienist.

"Átma." *Infopédia*, Porto Editora, 2003–23, www.infopedia.pt/$atma.

"Bárbaro, *Adj.* (1)." *Michaelis*, 2022, michaelis.uol.com.br/moderno-portugues/busca/portugues-brasileiro/bárbaro.

"As 5 revoltas regenciais: O que foram, causas, contexto e término!" *Beduka*, 10 Dec. 2020, beduka.com/blog/materias/historia/revoltas-regenciais/.

"Guerra de Canudos." *Mundo Educação*, 2023, mundoeducacao.uol.com.br/historiadobrasil/guerra-canudos.htm.

"Linga sharira." *Wikipédia*, 15 Oct. 2021, pt.wikipedia.org/wiki/Linga_sharira.

Read, Ian Olivo. "Finding Fatalism and Overconfidence in a Cruel Port: The Bubonic Plague's First Appearance in Brazil." *Readex Report*, vol. 6, no. 2, Apr. 2011, www.readex.com/readex-report/issues/volume-6-issue-2/finding-fatalism-and-overconfidence-cruel-port-bubonic.

Sahoo, P. C. "Traditional Management of Occult Science." *Bulletin of the Deccan College Post-Graduate and Research Institute*, vols. 66–67, 2006–07, pp. 395–401. *JSTOR*, www.jstor.org/stable/42931464.

"Sophocles." *Britannica*, 17 Dec. 2022, www.britannica.com/biography/Sophocles.

Afterword:
Sphinx Reconsidered

Jess Nevins

In retrospect it seems predictable that Henrique Maximiano Coelho Neto's *Sphinx* would be a critical failure when it was published in Brazil in 1908. The novel was a popular success with Brazilian readers and went through two more editions over the next twelve years, with a fourth edition appearing in Portugal in 1925, but Coelho Neto's many Brazilian critics thought little of it, and when the so-called first generation of Brazilian modernists denounced Coelho Neto and his oeuvre in the early 1920s, *Sphinx* was one of the examples they used. The reasons for the scorn, criticism, and abuse heaped on Coelho Neto by the first generation and its followers are numerous but can best be summarized as an assessment of Coelho Neto's work as bad writing and of Coelho Neto himself as the personification of everything that was wrong with Brazilian writing and the Brazilian literary establishment of the early 1920s.

The denunciation of *Sphinx* and the lingering contempt with which the post-1920s Brazilian literary establishment holds Coelho Neto was and is understandable in part; *Sphinx* is written in a florid, symbolist narrative style that was long out-of-date and that was repugnant to the aesthetic sensibilities of the first generation. But the deeper truth is that the first generation and the successive generations of Brazilian literary critics and academics who echoed its beliefs misunderstood *Sphinx*'s significance, ignored its radical content, and simply refused to properly situate the novel within its generic contexts. *Sphinx* was revolutionary within the genres it inhabited, both in Brazil and globally, and simultaneously represented an innovative summary of what had come before, an unusually accurate prediction of what was to come in certain genres, and a fascinating case of those genres that were wasting the potential of *Sphinx*'s example.

Sphinx can be concisely described as a Lusophone transgender *Frankenstein*,[1] but a broader description would include its presence in the genres of the gothic, horror, occult fantasy, and science fiction and its landmark status in the field of queer literature. *Sphinx* was not influential on those genres and fields; the novel was popular and was reprinted in 1912 and 1920, with a Portuguese edition following in 1925, but it was never translated for wider audiences, and, thanks to the scorn with which both it and Coelho Neto were held by the Brazilian literary establishment, the novel was quickly forgotten about in Brazil when the first generation took control of the Brazilian literary establishment. But *Sphinx* is nonetheless remarkable for its reification of ideas and movements that were mostly nebulous when it was written. It is also an intriguing case of what-if for some of the genres it inhabited.

Sphinx's greatest achievement is in the field of queer literature. By 1908 queer literature was well established globally, though such works appeared most often in covert form. *Sphinx* appeared during the first great flourishing of queer literature; the novel was published six years after André Gide's *L'Immoraliste* (*The Immoralist*), two years after Edward Prime-Stevenson's *Imre: A Memorandum*, four years before Thomas Mann's *Tod in Venedig* (*Death in Venice*), and five years before Marcel Proust's *À la recherche du temps perdu* (*In Search of Lost Time*). Brazilian readers had access to a small corpus of locally written queer works stretching back twenty years, beginning with Raul Pompeia's *O Ateneu* and continuing through the early years of the twentieth century with the erotic magazine *Rio nu* (Green 31–34) and the well-known literary work of the journalist, writer, playwright, and dandy João do Rio.

By 1908 queer literature in Brazil was associated with the naturalist movement and its approach to literature, to the degree that it can be said fairly that the emergence of homoerotic and gay-friendly fiction and drama was only possible because of the foundation provided by Brazilian naturalism. Writers like Aluísio Azevedo, Pompeia, Qorpo Santo, Nelson Rodrigues, and Oswald de Andrade had already written or were in the process of writing narratives and plays that dealt with homosexuality as a fixed category and used naturalism's observational approach to portray it (Bueno 393).

This means that *Sphinx* was not so much a setter of precedent or forerunner in the field of queer literature as it was an expression of a contemporary trend in Brazil. In 1908 the country was at the high point of its belle epoque, the sixteen-year period from 1898 to 1914 in which the culture of the social and economic elite of Rio de Janeiro "enjoyed [the city's] florescence" (Needell xi). The belle epoque was a reaction to the political and economic turmoil that had followed the abolition of slavery in 1888 and the declaration of the republic in 1889, a turmoil that had lasted until Manuel Ferraz de Campos Sales was named president in 1898 and the regional elites reasserted their power. Political, economic, and social stability followed, and culture, including literature, flowered.

The population of Rio de Janeiro also increased dramatically during the belle epoque, from 518,290 in 1890 to 800,000 by 1906 to 1,157,873 by 1920 (Green 17). While the number of native-born male *cariocas* (inhabitants of Rio de Janeiro) roughly matched the number of native-born female *cariocas*, the tens of thousands of Afro-Brazilians who poured into the capital in search of employment, and the tens of thousands of foreign immigrants who moved to Rio de Janeiro during the belle epoque, especially after the completion of its urban renovation project in 1906, were predominately male by a two-to-one margin (17–18). A significant number of these men sought out sexual experiences with other men, to the point that Rio de Janeiro, especially the Largo do Rossio square, gained a national reputation during the years of the belle epoque as a locus for homosexual behavior and gay culture. Homosexual subcultures had been present in Brazil long before the belle epoque; Luiz Mott mentions the "indigenous sexual culture . . . of the Tupinambá tribe" who greeted the Portuguese invaders (168). But the gay subculture of Rio de Janeiro during the belle epoque was seen as a new development.

Where *Sphinx* stands out from its contemporaries, and indeed from writers of queer literature around the world for at least the next twenty years, is in its sympathetic treatment of a transgender protagonist, James Marian, and in the novel's placement of Marian as the narrator's love interest. Before *Sphinx* there had been transgender characters in world literature—the creature in *Frankenstein* is a prominent example (Zigarovich)—as well as in Brazilian literature. But their creators had not treated them with compassion or as characters with agency. Joaquim Maria Machado de Assis's "As academias de Sião," the first Brazilian narrative with a transgender character, depicts a feminine king and a masculine concubine exchanging bodies (Ginway 42–45). But "As academias de Sião" is a fabular fantasy set in a fictional Asian country rather than in a homely and realistic Rio de Janeiro, as *Sphinx* is. Six years after *Sphinx*'s publication came Mário de Sá-Carneiro's *A confissão de Lúcio*, a Portuguese novel that was widely distributed in Brazil. Sá-Carneiro's story uses bohemian Paris as a backdrop—another realistic setting, like *Sphinx*'s Rio de Janeiro—but the transgender character, Ricardo, is a narrative object rather than a subject and is eventually murdered by his lover, Lúcio, who cannot bear to admit to himself that his attraction to the male Ricardo is greater than his attraction to Marta, Ricardo's "alma, sendo sexualizada" (191). Sá-Carneiro's deployment of the trope of the tragic queer individual in *The Confession of Lúcio* is some distance from James Marian's ultimately liberated destiny in *Sphinx*.

The main character of Coelho Neto's 1918 play *O patinho torto ou Os mistérios do sexo* is also transgender, but, like *Esfinge*, the critical reception to the play was muted. It would not be until the publication of Virginia Woolf's *Orlando* in 1928 that a novel with a major transgender character would portray that character in a sympathetic fashion. *Orlando* was also the first novel after *Sphinx* to be written by as wellknown and popular an author as Coelho Neto was in 1908; although *Orlando* was a far greater international success than *Sphinx* was, *Sphinx* was more popular in Brazil than *Orlando* would later prove to be. For later writers of transgender fiction, *Orlando* was much more influential than *Sphinx*, which was forgotten about even in Brazil after 1930; but *Sphinx* has pride of place for its landmark positive portrayal of a transgender protagonist—*Orlando* was only available in Brazil as an English-language import from Portugal until 1945.

Like Coelho Neto's life and work, portrayals of transgender characters and indeed queer characters as a whole took a turn for the worse beginning in 1922,[2] when the Semana de Arte Moderna took place 10–17 February in São Paulo. The Modern Art Week marked the formal introduction of modernism to Brazil and was a watershed moment both for

Brazilian literature and for Coelho Neto's reputation and standing. Coelho Neto, a Parnassian poet and symbolist, was wholly opposed to the nascent modernism of what came to be called the first generation of Brazilian modernist writers, and the first-generation writers were in turn scornful of Coelho Neto, of his literary style, of his voluminous output, and of his standing in the society of writers in the capital. The first generation was also scornful of queer fiction: what had been a period of visibility of fictional homoerotic desire and gender transgressiveness disappeared in 1922 after the Semana de Arte Moderna: "During the *Geração Heróica* [the poets, critics, and writers who made their names during the Semana de Arte Moderna], the concerns with the vanguards and 'isms' coming from Europe as well as their appropriation and *deglutição* into something new became an issue for the Modernists" (Nemi Neto 17–18).

Sphinx, then, represents a wasted opportunity for Brazilian fiction and international fiction. After the minor flourishing of transgender literature in the early- and mid-1920s (Taylor 209), which culminated in Woolf's *Orlando*, transgender fiction was shunned for decades: the first major post-*Orlando* work of fiction with a transgender protagonist, Gore Vidal's *Myra Breckenridge*, was not published until 1968, and after *Sphinx*, the first Brazilian work of fiction with a transgender protagonist, André Carneiro's "Transplante de cérebro," did not appear until 1978. The example that *Sphinx* set, that of a sympathetic transgender protagonist and love interest, was quickly avoided by other writers and then forgotten about, and sympathetic transgender characters would not become protagonists in a regular fashion until the twenty-first century.

Coelho Neto's Latin American contemporaries, though they were accomplished writers who wrote memorable and even brilliant works of gothic fiction and horror, did not manage to cross genres as ably as Coelho Neto did, nor did their works usually overcome their innately conservative tendencies toward gender and sex. In Chile, gothic fiction of the nineteenth century combined traditional gothic tropes, motifs, and plot devices with material unique to Chilean society, culture, and history: authors like Benjamín Vicuña Mackenna, Francisco Ulloa, and Joaquín Díaz Garcés wrote gothic novels about the search for origins and about the past coming back to haunt the present but used settings like crumbling and haunted haciendas, characters like bandits from the rural areas of Chile, and themes such as the search for buried treasure in the form of Spanish coins from the years of colonization (Ries 28–31).

In Brazil, Machado de Assis was the giant of Brazilian gothic horror stories in the second half of the nineteenth century and the early years of the twentieth century. But Machado de Assis's horror fiction was only one-tenth of his total output (Nevins, *Horror Needs No Passport* 10), and his horror stories tended toward the satirical or allegorical. His stories do condemn patriarchal ideology and the oppression of women (Jones and Krause 72), but they do not come close to approaching the subject of gender instability, much less transgenderism. Coelho Neto would have viewed Machado de Assis with respect—Machado de Assis was famous and respected throughout Latin America—but though the two were contemporaries, they wrote very different types of fiction.

In Honduras, authors like Froylán Turcios, Rubén Darío, Leopoldo Lugones, Clemente Palma, and Fabio Fiallo were part of the modernist movement, which held sway in Honduras for more than a decade before it reached its peak with the Modern Art Week in São Paulo in 1922. These writers, among the most famous of the Honduran *modernistas*, embraced modernism's faith in the existence of magical and supernatural events and beings that

> existed outside the realm of science and rational thought. . . . [T]he *modernista* vampires and doubles embodied excess, mystery, contradictions, and the impossible. These monsters thus destabilized reason, and represented the return of the repressed, the monstrous, and the Devil himself—all that could never fully be understood or tethered—that conveyed a heightened appreciation for mystery and wonder, to which the *modernistas* were clearly drawn. (Serrano 73)

The work of these writers, as *modernistas*, was opposed in many ways to that of the Parnassian Coelho Neto.

In Brazil, the "literatura do inusitado" (Abraham 717), a category that includes Coelho Neto's work, was, contrary to traditional literary histories, very popular with readers, much more so than the work of authors of high art (Quereilhac 155). Popular authors like Eduardo Ladislao Holmberg, Lugones, and the Uruguayan Horacio Quiroga were Coelho Neto's acknowledged contemporaries. Yet Holmberg's work tended toward the science fictional, Lugones "specialized in de Maupassant–like *contes cruel*" (Nevins, *Horror Needs No Passport* 9),[3] and Quiroga's area of expertise was in Kipling-like fiction set in the wilderness of the rain forest. Again, Coelho Neto's exploration of gender instability and transgenderism were quite unlike that which his contemporaries were producing.

Other genres and the writers associated with them similarly wasted the opportunity presented by Coelho Neto and *Sphinx*. Certainly, the genres of fantasy, the gothic, horror, occult fantasy, and science fiction, which are central parts of the field known as *fantastika*[4] and which *Sphinx* represents in equal quantities, could have produced groundbreaking work by following *Sphinx*'s example. But they did not, to the detriment of each genre.

Science fiction as a distinct genre was well established by 1908. The best works of Jules Verne and H. G. Wells had already been published, and numerous other writers, less remembered now but notable in their day—from Max Pemberton in England to Camille Flammarion in France to Cândido de Figueiredo in Portugal—were producing science fiction. These science fiction novels and collections were available in Brazil through imports from Portugal, and Coelho Neto was an "avid" reader of them (Brito). Brazilian authors had been publishing science fiction from the mid–nineteenth century (Molina-Gavilán et al. 380), and gothic science fiction was flourishing in Brazil when Coelho Neto wrote *Sphinx*. Gothic science fiction can be defined as a type of fiction that makes use of the plots, characters, and devices of science fiction but avoids the logic, verisimilitude, and scientific plausibility of most science fiction of the time, instead putting those plots, characters, and devices at the service of bizarre, grotesque, fantastic situations (Tavares 15)—an apt description of *Sphinx*.

Yet for all the variety of science fiction in 1908, the works in the genre were in some ways severely limited. It's true that, as Peter Nicholls says, the period between 1895, when Wells began publishing his science fiction, and 1926 were "considerably more packed [with science fiction] than even 1863–1895." But with the very rare exception of obscurities like Gregory Casparian's *The Anglo-American Alliance*, science fiction, whether American or international, was not progressive on queer issues, nor was its treatment of gender issues or women much better. What is traditionally called *soft science fiction*, or science fiction that emphasizes feelings and relationships rather than science and technology, is generally assumed by critics to have begun deliberately with the work of Wells in the 1890s and early 1900s. Certainly Wells was a prime influence on many science fiction writers during those two decades. But a close examination of the science fiction stories and novels he published between 1895 and 1908 shows that the major concerns of the great majority of the texts were technological, sociological, or action-adventure entertainment, and emotions and relationships were treated as much less important, if not as afterthoughts. *Sphinx*'s focus on the narrator's confused feelings for James Marian and on Marian's emotions and psychological well-being was a rarity, but it was also a preview of the direction mainstream science fiction would begin to take forty years later. Had *Sphinx* become widely read and popular in the United States, it may well have created an opportunity for science fiction writers to avoid the puerilities so common in the pulp science fiction of the 1920s, 1930s, and early 1940s and instead to match the development of the mystery genre, science fiction's better-accepted and more advanced sibling.

Gothic fiction, whether mimetic or fantastic, had been appearing in Brazil since 1843 (Menon, *Figurações* 92), and at the end of the nineteenth century and the beginning of the twentieth century, its subgenre, gothic science fiction, was particularly popular with Brazilian readers. This was especially true in Rio de Janeiro, where the influx of new technology—the electric tram, the telegraph, the telephone, X-rays, the automobile, the airplane, and the various seemingly fantastic goods advertised daily in the newspapers, among many others (El Far 120)—and the circumscribed rationalism of the Brazilian ruling class led to Brazilian readers demonstrating "um misto de fascinação e temor em relação ao progresso e a ciência da *Belle Époque*" that became the "matéria prima" for a comparatively large number of Brazilian gothic science fiction narratives in the 1890s and 1900s (Silva 267).

Brazilian writers' heavy use of the gothic was similar to that of their English and European counterparts, who had made the so-called gothic revival one of the dominant forms of fiction in the 1890s and 1900s. These gothic revival novels, also referred to as neo-gothic novels, included Robert Louis Stevenson's *Dr. Jekyll and Mr. Hyde*, Oscar Wilde's *The Picture of Dorian Gray*, Arthur Machen's *The Great God Pan*, Wells's *The Island of Doctor Moreau*, Richard Marsh's *The Beetle*, and Bram Stoker's *Dracula*. It is true that the concerns of European and English gothic revival authors were quite different from those of Brazilian writers; European and English gothic writers emphasized themes of spiritual, physical, and racial degeneration as well as the threat of immigration, while Brazilian gothic authors produced works that grappled with Brazilian concerns, specifically for Brazilian audiences.

Sphinx was published during a time when writers in Europe and England were shifting from neo-gothic novels to more overtly horrific short stories (Killeen 61). In Brazil, *Sphinx* was the last of the novel-length gothic narratives that had been published since the 1820s, and after 1908, there was a return to shorter narratives (Menon, "Questão"). *Sphinx* stands out among the neo-gothic novels of the 1900s in a number of ways: the bizarre, grotesque, and fantastic situations of the novel's story, which are stereotypical of gothic fiction (Tavares 15); the similarities between the novel and Joris-Karl Huysmans's *À rebours* (*Against Nature*), especially when one recalls that "o desvio sexual e a sensação de perversão moral que James provoca inadvertidamente nas pessoas ao seu redor se constitui como uma das características não apenas do Decadentismo . . . mas também da própria literatura gótica do período" (Silva 269); and the many ways in which *Sphinx* fulfills the definitions of the gothic provided by Fred Botting:

> Gothic condenses the many perceived threats to these [social and moral] values, threats associated with supernatural and natural forces, imaginative excesses and delusions, religious and human evils, social transgression, mental disintegration and spiritual corruption. If it is not a purely negative term, Gothic writing remains fascinated by objects and practices that are constructed as negative, irrational, immoral and fantastic. . . . Gothic excesses, none the less, the fascination with transgression and anxiety over cultural limits and boundaries, continue to produce ambivalent emotions and meanings in their tales of darkness, desire and power. (1)

More gothic texts would appear after 1908, but most of them were short stories or were published in *folhetins*, or pamphlets, and Coelho Neto was responsible for a large percentage of them (Menon, "Questão"). The first generation scorned the gothic as insufficiently modern and was happy to let it dwindle and die.

Sphinx is equal parts science fiction and occult fantasy. *Occult fantasy* is fiction in which the protagonists pursue hidden knowledge or secret doctrine, regardless of the danger posed by the bearers of that knowledge or doctrine, in search of a moment of mystic revelation or transcendence (Ashley 702). The narrator's quest for the truth about James Marian, James Marian's quest for the truth about himself, and the figure of Arhat, the Asian mystic who is a kind of mentor to Marian, place *Sphinx* in the occult fantasy category. In 1908 occult fantasy was flourishing in Europe and England, having first appeared in the mid–nineteenth century in the works of Lord Bulwer-Lytton and later in theosophical fantasies inspired by Madame Blavatsky and in works such as Ignatius

Donnelly's *Atlantis: The Antediluvian World*, Huysmans's *À rebours*, W. Somerset Maugham's *The Magician*, and stories and novels from writers as varied as Machen, Algernon Blackwood, and M. R. James.

In Brazil, however, occult fantasy was virtually nonexistent. The Brazilian reading audience was familiar with Blavatsky's theosophical writings, the basis of the modern occult fantasy genre, thanks to an 1892 Portuguese translation of Blavatsky's *Theosophical Glossary*, but neither the prevailing literary culture nor the audience's expectations would allow for occult fantasy as a fully realized literary genre. In 1908 Brazil, fantasy fiction was influenced by the Byronic tales of Manuel Antônio Álvares de Azevedo's *Noite na taverna* or were utopias like Emília Freitas's *A rainha do Ignoto*; it was not influenced nor allowed to be influenced by Blavatsky's philosophy. (Bulwer-Lytton's landmark 1842 theosophist fantasy, *Zanoni*, was not published in Brazil until 1988.)

Sphinx therefore should have been a groundbreaking work in Brazil. And its publication in Portugal in 1925 should have signaled to European readers that it was possible to meld the concerns of occult fantasy with issues of gender and sexuality and with a non-European, non-English, and non-American setting and cast of characters—all of which English and European occult fantasies of the era signally failed to do. But *Sphinx* appeared without garnering much recognition in Portugal and did not inspire imitators in Brazil. In the case of Brazil, it may be that, before Modern Art Week, *Sphinx*'s occult fantasy elements were too much at odds with the country's Catholicism and that, after Modern Art Week, the modernists' disdain for popular genre works of fiction led possible imitators of Coelho Neto to choose other writers to emulate. For Europe and England, *Sphinx* was too different from the theosophical occult fantasies that readers and writers were used to, insufficiently bent the knee to Blavatsky and theosophy, and incorporated a transgender protagonist in ways that neither Europe nor England were prepared to accept.

Sphinx can be described not only as a work of science fiction and occult fantasy but also as a work of horror. In England and Europe, the horror genre was well into its golden age by 1908: works by Machen, Blackwood, Lord Dunsany, and James had revolutionized horror fiction over the previous fifteen years and provided countless writers with inspiration to create fear-generating fiction in ways unbound by Victorian assumptions and limitations. In Brazil, horror fiction was beginning to appear on a regular basis. Azevedo's 1878 *Noite na taverna* is generally seen as the first major work of Brazilian horror fiction; by 1908 a number of stories by Machado de Assis and João do Rio had appeared, as had numerous stories in newspapers modeled on the work of Edgar Allan Poe or the French *conte cruel* (Nevins, *Horror Fiction* 59).

Certainly, *Sphinx* has its fear-inducing moments; as Andressa Silva Sousa and Emanoel Cesar Pires de Assis note, the progression of the story destabilizes the reader's sense of reality, and the reader's natural identification with the narrator leads to the reader, like the narrator and Miss Fanny, being unnerved by the apparently supernatural appearances of James Marian when he is supposed to be elsewhere (155–56). As Roberto de Sousa Causo points out, "Cada cenário é montado com cuidado, o grau de sobrenatural de cada evento fantástico é calculado para amparar o suspense, e os diálogos contribuem para a caracterização dos personagens, dando a cada uma voz própria" (113). And Menon usefully notes both the influence of *Frankenstein* and the use of the gothic doppelgänger in *Sphinx* ("Questão").

Yet *Sphinx*'s focus on the reality of Marian's gender, on transgenderism itself, and on the seemingly romantic plot development was at odds with the horror fiction of the time, both in Europe and in Brazil, and *Sphinx*'s relegation of its terrifying moments to secondary status—*Sphinx* can be described as a work of horror, but the emphasis of the novel is on producing affects in the reader aside from fear and horror—was rare in European and Brazilian horror.

Sphinx could have led horror fiction writers by example; the novel's transgender love interest, its consideration of the true nature of transgender individuals, and its mosaic-like assemblage of affect-causing elements could have been the model for further horror narratives. But Brazilian horror after 1908 ignored *Sphinx* and continued to work in the modes of Poe or the *conte cruel*, and after the Modern Art Week horror fiction would virtually disappear from Brazilian bookshelves, only reappearing after the end of World War II in the works of writers like Graciliano Ramos and João Guimarães Rosa (Nevins, *Horror Needs No Passport* 81–82). Likewise, European and English horror writers followed the prevailing trends in fiction, making their horror more pulpish or mainstream, then more concerned with fascism, communism, or small towns and suburbs; the elements that made *Sphinx* successful as horror fiction were ignored.

The time has come for a widespread critical reevaluation of *Sphinx*. It is a remarkable novel that adroitly combines science fiction and gothic horror while sympathetically, and presciently, portraying transgender and gay characters. These elements were individually seen in the work of other authors before Coelho Neto took hold of them, but not in a cohesive narrative that combines a lapidary narrative style with the breach of genre barriers. *Sphinx* deserves revisiting and rediscovery as a work significantly ahead of its time, both in Brazil and around the world.

Notes

1. My choice of the term *transgender* to describe James Marian is based on Marian's transition from two beings (a sister and a brother) to one being with two souls (one female, one male) to a being that is female ("é minha irmã a vitoriosa em mim." [ch. 6]). If gender identity is a person's inner sense of being male, female, both, or neither, then being transgender means that a person's inner sense of self is at odds with the gender role assigned to them by family, friends, and society. I view James Marian as transgender because of Marian's transition from both male and female to female and because Marian's gender identity is at odds with externally imposed gender roles.

2. Although Coelho Neto's works continued to sell well through the 1920s, he was held in critical disrepute, and after his death in 1934, he quickly became an author who, when remembered in Brazil at all, was remembered with scorn. A revival of interest in his work in Brazil only occurred in the twenty-first century.

3. The *conte cruel* ("cruel tale") was a short story genre, popular in the nineteenth and early twentieth centuries, that contained cruel climactic twists and emphasized the irony of fate. Guy de Maupassant (1850–93) was a noted French practitioner of the form.

4. *Fantastika*, as developed and used by the critic John Clute, is a term encompassing all literature that contains the fantastic, including but not limited to science fiction, fantasy, fantastic horror, and all their various subgenres ("Fantastika").

Works Cited

Abraham, Carlos. *La literatura fantástica argentina en el siglo XIX*. Ciccus, 2015.

Ashley, Mike. "Occult Fantasy." *Encyclopedia of Fantasy*, edited by John Clute and John Grant, St. Martin's Press, 1997, pp. 702–04.

Botting, Fred. *Gothic*. Routledge, 1995. The New Critical Idiom.

Brito, Dayane. "A relação homem-ciência no Brasil da Belle Époque: Uma análise de *Esfinge*, de Coelho Neto." II Internacional de

Narrativa Fantastica, 22 Oct. 2015, Raul Porras Barrenechea Institute, La Victoria, Peru. *Academia.edu*, 2022, www.academia.edu/32707065.

Bueno, Eva Paulino. "Brazilian Naturalism and the Politics of Origins." *MLN*, Mar. 1992, pp. 363–95.

Casanova-Vizcaíno, Sandra, and Inés Ordiz, editors. *Latin American Gothic in Literature and Culture*. Routledge, 2018.

Causo, Roberto de Sousa. *Ficção científica, fantasia e horror no Brasil, 1875–1950*. Editora UFMG, 2003.

El Far, Alessandra. *Paginas de sensacao: Literatura popular e pornografico no Rio de Janeiro, 1870–1924*. Companhia das Letras, 2004.

"Fantastika." *SFE: The Encyclopedia of Science Fiction*, 7 Nov. 2022, sf-encyclopedia.com/entry/fantastika.

Ginway, Mary Elizabeth. "Transgendering in Luso-Brazilian Speculative Fiction from Machado de Assis to the Present." *Luso-Brazilian Review*, vol. 47, no. 1, 2010, pp. 40–60.

Green, James N. *Beyond Carnival: Male Homosexuality in Twentieth-Century Brazil*. U of Chicago P, 1999.

Jones, Jordan B., and James R. Krause. "The Femme Fragile and Femme Fatale in the Fantastic Fiction of Machado de Assis." *Revista abusões*, vol. 1, no. 1, 2016, pp. 51–97.

Killeen, Jarlath. *Gothic Literature, 1825–1914*. U of Wales, 2009.

Menon, Maurício Cesar. *Figurações do gótica e de seus desmembramentos na literatura brasileira de 1843 a 1932*. 2007. Universidade Estaduel de Londrina, PhD dissertation.

———. "A questão do duplo em duas narrativas brasileiras." I Colóquio Internacional de Estudos Linguísticos e Literários, 10 June 2010, Universidade Estadual de Maringá.

Molina-Gavilán, Yolanda, et al. "Chronology of Latin American Science Fiction, 1775–2005." *Science Fiction Studies*, vol. 34, no. 3, Nov. 2007, pp. 369–431.

Mott, Luiz. "Crypt-Sodomites in Colonial Brazil." *Infamous Desire: Male Homosexuality in Colonial Latin America*, edited by Pete Sigal, U of Chicago P, 2003, pp. 168–96.

Needell, Jeffrey. *A Tropical Belle Epoque: Elite Culture and Society in Turn-of-the-Century Rio de Janeiro*. Cambridge UP, 2009.

Nemi Neto, João. *Anthropophagic Queer: A Study on Abjected Bodies and Brazilian Queer Theory in Literature and Film*. 2015. City U of New York, PhD dissertation.

Nevins, Jess. *Horror Fiction in the Twentieth Century: Exploring Literature's Most Chilling Genre*. Praeger, 2020.

———. *Horror Needs No Passport: Twentieth Century Horror Literature outside the U.S. and U.K.* 2018.

Nicholls, Peter. "History of SF." *SFE: The Encyclopedia of Science Fiction*, 21 May 2021, www.sf-encyclopedia.com/entry/history_of_sf/.

Quereilhac, Soledad. "Shadows of Science in the Río de la Plata Turn-of-the-Century Gothic." Casanova-Vizcaíno and Ordiz, pp. 155–71.

Ries, Olga. "Rural Horrors in Chilean Gothic." Casanova-Vizcaíno and Ordiz, pp. 27–40.

Sá-Carneiro, Mário de. *A confissão de Lúcio, narrativa*. Em casa de autor, 1914.

Serrano, Carmen. "Duplicitous Vampires Annihilating Tradition and Destroying Beauty in Froylán Turcios's *El vampiro*." Casanova-Vizcaíno and Ordiz, pp. 71–83.

Silva, Alexander Meireles da. "O admirável mundo novo da República Velha: O nascimento da ficção científica brasileira." *Eutomia: Revista de literatura e linguística*, Dec. 2008, pp. 262–83.

Sousa, Andressa Silva, and Emanoel Cesar Pires de Assis. "'Efeito de real' versus sobrenatural: Um conflito necessário à construção da fantasticidade em *Esfinge*, de Coelho Neto." *Revista da letras*, July 2017, pp. 144–61.

Tavares, Braulio. "Nas periferias do real ou, O fantástico e seus arredores." *Páginas de sombra: Contos fantásticos brasileiros*, edited by Tavares, Casa da Palavra, 2003, pp. 7–19.

Taylor, Melanie. "True Stories: *Orlando*, Life-Writing, and Transgender Narratives." *Modernist Sexualities*, edited by Hugh Stevens and Caroline Howlett, Manchester UP, 2000, pp. 202–18.

Zigarovich, Jolene. "The Trans Legacy of *Frankenstein*." *Science Fiction Studies*, vol. 45, no. 2, July 2018, pp. 260–72.

About the Contributors

Kim F. Olson is a Portuguese-language translator and editor. A lover of foreign languages since childhood, she received a BS in Portuguese from Georgetown University before earning a BA in translation from the Pontifical Catholic University of Rio de Janeiro. Her work as a freelancer, which spans over thirty years, includes several recent forays into the literary realm. *Sphinx* is her second book-length literary translation.

M. Elizabeth Ginway is professor of Spanish and Portuguese studies at the University of Florida, where she teaches courses on Portuguese language, Brazilian literature and culture, and Latin American science fiction. Her most recent book is *Cyborgs, Sexuality, and the Undead: The Body in Mexican and Brazilian Speculative Fiction* (2020).

Jess Nevins is a librarian at Lone Star College, Tomball. He is the author of multiple works on popular fiction and literary history, including *Horror Fiction in the Twentieth Century* (2020), *The Evolution of the Costumed Avenger* (2017), and *The Victorian Bookshelf: An Introduction to Sixty-One Essential Novels* (2016).